大新の日本語テキスト●ALC Press Japanese Textbook Series

適時適所 日本語表現句型500

中・上級

どんな時
どう使う
日本語
表現文型
500

友松悦子・宮本 淳・和栗雅子

大新書局 印行

はじめに

最近、中・上級レベルの教材は教科書以外のものについてもよいものが次々と出版されるようになりました。特に問題集は日本語能力試験を目指す学習者が効率よく学べるように工夫されたものが数多く出版され、目をみはるものがあります。

ところで、初級を終えて中級に入った学習者は論理的な文章を読んだり、書いたり、微妙な気持ちや感動を表現したりする時に使われる、より高度な日本語を習得したいと願います。そのような学習者から次のような声が聞かれるのも事実です。本や新聞などを読んでいると新しい言葉が出てくるが、文法的な言葉は辞書で引こうとしても、辞書には出ていない、いい参考書はあるが、言葉の数が少ない、などです。また、大学や専門学校のための日本語予備教育課程で学びつつ、日本語能力試験の準備をしている学習者からも、問題集や直前対策などの教材だけではなく、中・上級で学ぶ文型の全体を見通しつつ、計画的に落ち着いて学習できる教材がほしい……という希望が聞かれます。

また、中・上級レベルを教える先生方からも、次のような声がありました。中・上級で数多く出てくる文法的な機能語を、学習者に効率よく体系的に復習させることができる教材がないか、学校の教科書で勉強したものを学習者が自分で復習したり、または学校のクラスでは十分にわからなかったところを後で補ったりすることもできる教材がないか、などです。

このような中・上級の学習者の要望に応えたく、私どもはこの『どんな時どう使う日本語表現文型500』をまとめました。これは、私どもが現場で得た経験を生かし、学習者のお役に立つよう、長年使用してきた自作教材をもとにまとめたものです。

この教材の編集段階で、国立国語研究所の佐々木倫子先生には非常に有益なご助言とお励ましをいただきました。心より感謝申し上げます。また、株式会社アルクの平本照麿社長をはじめ、日本語出版編集部の塩崎宏編集長、水野照子副編集長には、一方ならぬお世話になりました。改めて感謝申し上げます。

この学習書が日本語を学ぼうとしている方々のお役に立つことを心から願っております。しかし、至らない点もあるかと思います。お気付きの点について、お使いになった方々からのご批判をいただければ幸いでございます。

1996年9月

友松悦子

宮本　淳

和栗雅子

目次　CONTENTS

本書の目的

　初級文法の学習項目を終えた学習者は、論理的な文章を読んだり書いたり、微妙な気持ちや感動をうまく表現したりする時に使われる、より高度な日本語の言い方を学習したいと願う。

　この学習書は、そうした中・上級の表現文型を体系的に学びたいと思っている学習者のために作られたものである。それぞれに微妙な特徴をもつ表現文型や文法的機能語（以下、機能語と言う）を学び、運用する力をつけたいと思ってこつこつと勉強している方々にはお役に立つものと信じている。

　この学習書が使われる場としては、例えば、教科書に沿って中級以上の語彙や文法を積み上げつつ勉強する日本語学校で、中級の学習がある程度進んでから、中級文法のまとめのための副教材として使うということが考えられる。また、12月の日本語能力試験を目指して勉強している学生の大勢いる日本語学校で、その対策のための授業で使用するのも一案である。学習者が自習用、独習用の教材として使用することもできるであろう。

本書をお使いになる方々へ

Ｉ　本書の特色と方針
［意味による分類］

　本書は、国際交流基金・日本国際教育協会から発表された日本語能力試験（文法）の出題基準サンプル（文法的な〈機能語〉の類）を参考にして書かれた。当リストにあるもの（2級・1級）は全部を網羅した。その外に、数種類の教科書（参考文献参照）にあたり、その中で重要文型として取り上げられているものや、リストにはないが過去10年間に出題されたものをつけ加えた。以上のものに派生した形も加えて、500余項目となった。

　学習者が文型をまとめて勉強しようとする時、さまざまな文型が脈絡なく次々と出てくるよりは、何かのまとまりをもって体系的に提出されている方が学習の助けになると考え、上記の機能語を意味によって分類して一つの課を構成した。各課の題はその課の項目の代表的な機能を考えてつけたが、その用語（例：7 付帯・非付帯　など）については、ご批判を仰ぎたい。

　機能語の意味・機能は一つではない。例えば「〜ながら」は、初級の学習項目である同時進行と中級の学習項目である逆接の二つの意味・機能をもつ。しかし、この二つの意味は独立して存在しているのではなく、連続的にその意味をカバーしている。

　また、「〜にきまっている」は、確信に近い推量を表す文型であるとも、断定的発言

を表す文型とも考えられる。「～はずはない」は推量と分類した方がいいのか、否定と分類した方がいいのか、どこで線を引いて分類するのかはきわめて難しい問題である。しかし、執筆者らの立場としては、あくまでも学習者が学習する際に取っ付きやすく、わかりやすいようにということを第一に考え、あえて分類を試みた。そのため、学習者の混乱を招かないように配慮し、それぞれの典型的な例を出して分類するという方法を取った。一つの機能語が複数の意味・機能をもつ場合は、それぞれのグループに収めた。例えば、「～によって」は、次の4つの課に収めた。

・話し合いによって解決する。	手段	2課II・1
・この会はある団体によって運営されている。	受身文の動作主	2課II・2
・地方によって習慣が違う。	関連	13課1
・今回の地震によって倒壊した家の数は……	原因	19課I・1

［文法的性格についての記述］

　機能語を学習する上で必要なことは、まず、意味と機能を理解することである。さらに、自分で使えるようになるためには、それを使う場面、接続のしかた、使われる動詞の種類などについての知識を持ち、接続する言葉の制限や文末の制限などについての文法的な性格についても知る必要がある。機能語の文法的な性格については、日本語教育の先輩方の研究により、非常に詳しい報告がされているものもあるが、まだ触れられていないものもある。また、優れた研究が発表されているものであっても、残念ながら日本語教育の現場、特に学習者の手にはまだ情報があまり届いていないのが現状であろう。

　執筆者らは長年予備教育に携わっている者として、それぞれの現場の経験から、学習者のわかりにくいところ、間違いやすいところを押さえて、できるだけ簡単明瞭に文法的性格を解説しようと試みた。文型や機能語を正しく把握することは、読解力をつけるためにも大切なことであるから、文型や機能語についての知識を深めることにより、理論的な文章を理解したり、感情のこもった文などを読んだりする力を伸ばせるものと信じる。

［例文］

　各機能語について3～5つの例文を載せた。その文型の典型的な例をまず紹介し、外に、接続する品詞、時制、使われる場面、話題などが偏らないように、可能なかぎり様々なものを提示できるよう試みた。ただし、いわゆる複合助詞（助詞に相当する連語）の場合、本来の動詞の意味が強く残っているものはあまり取り上げていない。（例：線路に沿って道が続いている。）

　各例文は基本的に普通体の書き言葉のものを主としたが、当然ながら書き言葉には丁寧体のものもあるので、手紙、ニュース報道、スピーチ、会議の報告などに使われるも

のも丁寧体の書き言葉として取り入れてある。さらに、会話の中の発話の文は、聞いている相手がいることを示すために「　　　」の中に入れた。学習者の負担にならないように、必要最低限の場面設定だけを施した簡潔な例文を目指した。

[🔖🔖コーナー（各課の1ページ目）と 練習 練習問題（各課の最後のページ）]

　少しでも執筆者と学習者とのインターアクションがあればと思い、また、自分の知識の弱点を自分でモニターする学習ストラテジーをもつことが望ましいと考えて、各課に入る前にその課で学ぶべきことをどの程度知っているかを試してみる「🔖🔖コーナー」を設けた。その課にまとめられた意味・機能を持つ文型をどのくらい知っているか、知っているだけでなく適切に使えるかを試す性質のものである。問題は2級のものだけにおさえ、その機能語の定番ともいうべき例を提示して問題が作ってある。🔖はそれらの語を知っているかどうかのチェックであり、🔖は適切な使い方ができるかのチェックである。このコーナーでつまづいた場合は、本文の●や ☞ のところをよく読んでほしい。

　さらに、その課で学習したことの確認のために、本文の終わりに練習問題をつけた。その課で学んだ機能語が適当な部分に使えるか、その機能語を使って短文完成ができるか、文法的な性質についての知識が身についたか、あるまとまりのある文章（談話）の中でその機能語が使えるかなどを確認するためのものである。

[その他　使用語彙と漢字など]

　文法の力を養うための学習書であるから、語彙はなるべく学習者の負担にならないよう、例文はそれぞれの出題基準の範囲内の語彙を使用するようにした。つまり、2級の機能語の例文については2級の出題基準の範囲内の語彙を、1級のものは1級のものも使用した。しかし、説明部分については、語彙を制限をすることによってかえってわかりにくくなるということもあり、必ずしもこの原則どおりにいかないこともあった。

　漢字の提出については、漢字圏の学習者が本書の内容を容易に理解できるようにするため、また、非漢字圏の学習者にはなるべく漢字に慣れる機会を提供する意味もあり、2級の出題基準以上の語彙と漢字にはよみがなをつけて使った。

2　各課の構成

・🔖🔖コーナー　その課にまとめられた文型について、どの程度の基礎知識があるかを問うもの。(答は次のページの下)

・機能語一覧　その課で学習する機能語一覧。級別に提示。学習しやすいと思われる順に提示した。

・本文　　　　見出し語

　　　　　　　その言い換え…………【　　　】

意味的な特徴…………●

例文………①②③〜

文法的性格と注意点…………☞

使われる場面について…………👔 ✏️ 🐦 ✉️

共起する言葉　　他例

参考例　　接続のしかた　　他の参照文型など。

・練習問題　　その課で学習したことをチェックするためのもの。問題の種類は
いろいろで、談話単位の中でどう使われるかという点を確認する
問題も取り入れた。(答は巻末)

・・

本書を使って学習する方々へ

〈1課から30課〉

　本書は1課から30課まであります。後半の課になると、話す人の気持ちや態度が含まれる文型が多くなってきます。1課から順番に進んでいくのもいいし、順番どおりでなくてもいいと思います。学校の授業で勉強したことを、家でもう一度練習しておきたいと思った時に、その文型と同じグループに入る外の文型をついでに学習してしまうという方法もあります。

〈🎴 🎴 のコーナー〉

　どの場合でも、まず「うでだめし」をやってみましょう。これは、その課で学ぶことの基礎的な知識がどの程度まで進んでいるかを自分でチェックするコーナーです。問題は2級のものだけです。🎴 は「〜と言いたい時」のいろいろな文型をどのくらい知っているかを問うものです。一番いい言葉を選んで＿＿＿＿の上に入れてください。一つの語は1回しか使いません（14課を除く）。次に 🎴 に進んでください。これは適切な使い方ができるかどうかを問うものです。使い方の適切な文の方に○をつけてください。中級以上の文型は、接続する言葉や文の終わり方などに様々な制限があります。接続のしかたも文型によっていろいろです。そうした制限を守らないと適切な使い方ができません。ここの問題を間違えた人は、本文の●や ☞ を注意して読んでください。どの課の 🎴 🎴 のコーナーも10問あります。10問中、4問以上間違いのある人はその課を特にていねいに学習しましょう。

〈本文〉

　まずその課で学習する文型にはどんなものがあるかを見てみましょう。🈔 は2級、🈩 は1級のものです。項目は学習しやすい順に並んでいますから、順を追ってその課の本文を読み進んでいくことをおすすめします。

　まず、【　】を読んでください。やさしい言葉で言い換えた場合の「意味」が書いて

あります。それを頭の中に入れたうえで、●を読みます。さらに詳しい意味が、つまり、どう言いたい時に使うのかが書いてあります。次に例文を読んで、実際の文の中での使い方を確認してください。例文を読む時は、どんな性質の言葉、どんな品詞に接続しているか、文の終わり方はどうなっているかなどにも注意しながら読んでください。☞ はその文型の文法的な性質について書いてあります。その文型を使って自分で文を作る時の注意点です。☞ の中の悪い文（×がついた文）はどうして悪いのかをまず考えてみてください。その後で注意事項を読んでください。正しい文の作り方と正しい文（○の文）が書いてあります。

〈練習 練習問題〉

次に練習問題に進んでください。これはその課で学習したことを理解できたかどうかをチェックするためのものです。あるまとまりをもった少し長い文章の中で習った文型をどう使うかを練習する問題もあります。手紙、作文、論文などを書く時の参考にしてください。

〈50音順別索引〉

ある言葉について知りたいと思った時は、50音順の索引を引いてください。習った言葉の意味や使い方を自分でもう一度確かめたいと思った時にも、索引を大いに利用してください。他と混同しやすいものや、複数の使い方があってわかりにくいものは、短い例文が書いてありますから、引く時に参考にしてください。

• •

如何使用本書

〈課程安排〉

本書由第1課至第30課組成，到了後半部的課時，帶有說話者情緒和態度的句型會增多。各位既可以從第1課起依序進行，不按順序進行也未嘗不可。當各位想在家裡，再一次練習學校上課時學到的部分時，也可以順便學習和該句型屬於同類的其他句型。

〈測試區域〉

不管在任何場合，首先就應該要試試自己的實力；這是一個測試自己對於該課要學習的部分，具有多少基礎知識的區域，問題只有2級的部分，記號的部分，是詢問各位對於想要做相關表達時，知道多少類似的句型，並選擇最適合的填入＿＿＿內，一個語彙只限使用一次（14課除外）。其次，請進入記號部分，這個部分旨在測試各位能否使用適切的用法，請在適切用法的句子一方劃○。中級以上的句型，在接續的語彙和句子結束等地方，會有各種限制，接續的方式也因為句型的不同，而相當的多樣化，如果沒有遵守這些限制，就無法做出適切的用法；做錯這個部分問題的人，請注意閱讀本文中的●或☞部分。每課的測試專區都有10個問題，10題中答錯4以上的人，更應特別仔細學習該課。

〈本文〉

首先來看看該課要學習的句型有哪些。 2級 記號表示是 2 級，而 1級 記號則表示是 1 級的部分。由於項目是按難易順序排列，因此建議各位按順序閱讀下去。首先，請閱讀【 】部分，裡面寫著用簡單講法代換的「意思」；在這個部分充分理解之後，再閱讀●部分，這裡面寫的是更詳細的意思，換句話說，就是該在什麼時機使用。接下來閱讀例句，請確認這些例句實際在文章中的使用方式。閱讀例句時，也應同時注意和什麼性質、何種詞類接續，句子的結尾方式又該如何等來閱讀。☞記號處，寫有句型的文法性質，也是使用該句型寫文章時的注意要點。☞裡面不好的句子（劃×的句子），請先思考一下為什麼不好，之後才閱讀注意事項；這部分都附有正確句子的寫法，和正確的句子（有○的句子）。

〈 練習 練習問題〉

接下來請進入練習問題。這個部分，是測試是否已經理解該課學習的東西。也有針對在內容完整，長度稍長文章中所學的句型，練習如何使用的問題，請作為寫信、作文、論文等時的參考。

〈50 音別索引〉

想要知道某個語彙時，請查閱按50音順序的索引部分。當自己想要再度確認已學語彙的意思，或使用方式時，也請多多利用索引。某些容易和其他混淆，或具有二個以上用法的語彙，本書附有短句，查閱時也請參考。

● ●

接続の形について

　接続のしかたは次のような用語で記した。

・品詞の種類

　　動詞（動詞Ⅰ〈例：書く〉　　動詞Ⅱ〈例：見る、食べる〉　　動詞Ⅲ〈例：する、来る〉）

　　い形容詞　　な形容詞　　名詞　　する動詞の名詞〈例：見学〉　　助詞

・動詞の活用の形

　　（ない）形〈例：書か〉　　～ない形　　（ます）形〈例：書き〉　　辞書形　　～ば形

　　～ている形　　～た形　　～たら形

・その他

　　い形容詞の辞書形〈例：大きい〉　　い形容詞の語幹〈例：大き〉　　な形容詞の語幹〈例：元気〉

・連体修飾型

動詞	書く　　書かない	書いた　　書かなかった	＋こと
い形容詞	大きい　大きくない	大きかった　大きくなかった	
な形容詞	元気な　元気ではない （元気である）	元気だった　元気ではなかった （元気であった）	
名詞	病気の　病気ではない （病気である）	病気だった　病気ではなかった （病気であった）	

・普通形型

動詞	書く　　書かない	書いた　　書かなかった	＋からこそ
い形容詞	大きい　大きくない	大きかった　大きくなかった	
な形容詞	元気だ　元気ではない	元気だった　元気ではなかった	
名詞	病気だ　病気ではない	病気だった　病気ではなかった	

・普通形型（な形容詞と名詞は「である型」）

動詞・い形容詞は上と同じ			＋のみならず
な形容詞	元気である　元気ではない	元気であった　元気ではなかった （元気だった）	
名詞	病気である　病気ではない	病気であった　病気ではなかった （病気だった）	

◎◎◎例　名詞／普通形型（な形容詞と名詞は「である型」。ただし「である」がない場合もある）　＋にもかかわらず／にしては

・雨にもかかわらず、大勢の人が来た。（名詞）

・約束したにもかかわらず、彼は来なかった。（動詞普通形型）

・天気がよかったにもかかわらず、参加した人は少なかった。（い形容詞普通形型）

・彼は体が健康であるにもかかわらず、働こうとしない。（な形容詞普通形「である型」）

・彼は歌がへたにしては、人前でよく歌いたがる。（な形容詞普通形「である型」の「である」がない場合）

・これはデザインが最新型であるにしては性能の悪い機械だ。（名詞の普通形「である型」）

・彼は力士にしては体が小さい。（名詞の普通形型「である型」の「である」がない場合）

［接続を記さなかったもの］

1 接続のしかたが明らかなもの
   ・一定の活用形に接続するもの
     例 ～ないことには（20課3）　　　　～ばこそ（19課II・8）
        ～てはじめて（5課II・1）　　　　～たところで（21課2）
        ～う（よう）が（21課7）

   ・名詞に接続するもの　助詞「で」「の」「も」「を」で始まるもの
     例 ～でなくてなんだろう（29課9）　～の至り（16課II・11）
        ～もかまわず（14課3）　　　　　～をはじめ（3課1）

2 慣用的にいろいろあるものや相手の言葉の一部をひきうけるもの
     例 ～につけて（13課7）　　　　　　～といえば（17課3）

・・・・・・・・・・・・・・・・・・・・・・・・・・・・・・・・・

記号について　各記号は次のような意味を表す。

🎁 2級　2級の文型

🎁 1級　1級の文型

🐦 主として話し言葉に使われる。

✏️ 主として書き言葉に使われる。

👔 主としてあらたまった言い方として使われる。

【 】 初級の言葉で言い換えた場合の意味

（分けて意味を提示した方がわかりやすいものは、A【 】、B【 】のように記した。）

● 【 】だけでは言い足りない意味的な特徴

☞ 文法上の注意事項　使われる場面の制限や、その文型を使って文を作る時に注意することなど。

✉️ 主として手紙文で使われる。

◠◠◠ 接続の形

→ 他の課に入っているが、形がよく似ているものや、混同しやすいものなので、参照してほしいもの。

1 動作の対象 動作的對象

動作が向かう相手やものごとを示したい時は、どんな言い方がありますか。

知っていますか

a について　b に対して　c にこたえて　d をめぐって　e 向けに

1　わたしは日本の民謡＿＿＿＿調べている。

2　大会ではみんなの期待＿＿＿＿、精一杯がんばろうと思っています。

3　デパートの店員はお客様＿＿＿＿、できるだけ丁寧な言葉を使わなければならない。

4　ごみ処理場建設の問題＿＿＿＿、様々な議論が行われた。

5　これは日本語学習者＿＿＿＿書かれた文法書です。

使えますか

1　わたしはあの人に関して
- a　何も知らないのです。
- b　あまり好きではありません。

2　わたしはあの人に対して
- a　失礼な態度をとってしまいました。
- b　変なうわさを聞きました。

3
- a　社員たちの要望にこたえて、
- b　社長の反対にこたえて、
}社員旅行は2泊3日と決定した。

4　財産の問題をめぐって
- a　兄弟の争いが続いている。
- b　あなたにお話ししておきたいことがあります。

5　わたしのアパートは
- a　南向けで日当たりがいい。
- b　高齢者向けであちこち便利にできている。

答は次のページにあります。

動作の対象 動作が向かう相手やものごとを示したい時

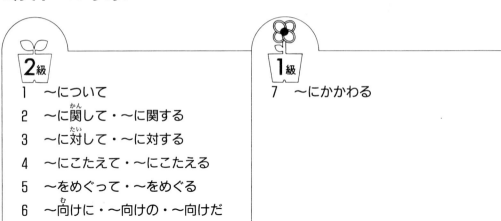

2級
1 〜について
2 〜に関して・〜に関する
3 〜に対して・〜に対する
4 〜にこたえて・〜にこたえる
5 〜をめぐって・〜をめぐる
6 〜向けに・〜向けの・〜向けだ

1級
7 〜にかかわる

 1　〜について

●取り扱う対象を言う時。

①あの人についてわたしは何も知りません。

②この町の歴史についてちょっと調べてみようと思っている。

③この日本文化史についてのレポートは大変よくできている。

④きのうの小論文の試験は「わたしの国の教育制度について」という題だった。

☞　話す、聞く、考える、書く、調べるなどの意味の動詞が後に来ることが多い。
　　このことは2「〜に関して・〜に関する」の場合も同じ。

◯◯◯　名詞　＋について

 2　〜に関して・〜に関する

●取り扱う対象を言う時。

①この問題に関してはさまざまな方面から意見が寄せられた。

②「本件に関しましては、現在調査中でございまして、結論が出るまでにはもうしば
　らく時間をいただきたいと思います。」

　1a　2c　3b　4d　5e　　　　1a　2a　3a　4a　5b

③今回の「余暇の利用」に関してのアンケートはとても興味深かった。

④この論文は、日本の宗教史に関する部分の調べ方が少し足りない。

☞　　1「〜について」の☞を参照。1「〜について」より硬い表現。

◎◎◎　名詞　＋に関して

3　〜に対して・〜に対する【〜に／〜を相手として】

●動作や感情が向けられる相手や対象を表す。

①小林先生は勉強が嫌いな学生に対して、とりわけ親しみをもって接していた。

②この賞は特に女性の地位向上に功績のあった人に対して贈られるものです。

③「今のランさんの発言に対して、何か反論のある方は手を挙げてください。」

④青年の、親に対する反抗心は、いつ頃生まれ、いつ頃消えるのだろうか。

☞　　1「〜について」、2「〜に関して・〜に関する」と違って、相手に直接、動作
が及ぶ時に使う。後には対立関係を表す語（反抗、反論、抗議など）が来るこ
とが多い。

◎◎◎　名詞　＋に対して

4　〜にこたえて・〜にこたえる【〜に沿うように】

①参加者の要望にこたえて、次回の説明会には会長自身が出席することになった。

②聴衆のアンコールにこたえて、指揮者は再び舞台に姿を見せ、美しい曲を聴かせて
くれた。

③内閣は国民の期待にこたえるような有効な解決策を打ち出してもらいたい。

☞　　「〜」には質問、期待、要望などを表す名詞が来る。

◎◎◎　名詞　＋にこたえて

5　〜をめぐって・〜をめぐる【〜を議論や争いの中心点として】

●「〜」を中心点にして、どんな議論や対立関係が起こっているかを言う時。

①この規則の改正をめぐって、まだ討論が続いている。

②土地の利用をめぐって、二つの対立した意見が見られる。

③町の再開発をめぐり、住民が争っている。

④マンション建設をめぐる争いがようやく解決に向かった。

☞　　　後には、意見の対立、いろいろな議論、争いなどの意味を持つ動詞が来ることが多い。

◎◎◎　名詞　＋をめぐって

6　〜向けに・〜向けの・〜向けだ【〜のために】

●「〜に適するように」と言いたい時。

①これは幼児向けに書かれた本です。

②この文には専門家向けの用語が多いので、一般の人にはわかりにくい。

③この説明書は外国人向けだが、日本人が読んでもとてもおもしろく、ためになる。

◎◎◎　名詞　＋向けに

7　〜にかかわる【〜に重大な関係のある】

●ただ「関係がある」という意味ではなく、それに重大な影響を与えるという意味。

①人の名誉にかかわるようなことを言うな。

②プライバシーを守るということは人権にかかわる大切な問題です。

③教育こそは国の将来にかかわる重要なことではないでしょうか。

◎◎◎　名詞　＋にかかわる＋名詞

練習　　　1　動作の対象

A　どちらが正しいですか。正しい方の記号を○で囲みなさい。

1　あなたの林先生に（a　対して　　b　対する）尊敬心はいつ頃からのものですか。

2　地元の人たちの期待に（a　こたえて　b　こたえる）ような活躍をしたいと思います。

3　事故の原因に（a　関して　b　関する）ただ今調査中です。

4　この空き地の利用法を（a　めぐって　b　めぐる）まだ両者の対立が続いている。

5　これは若い人（a　向けに　b　向けの）デザインされた服だけれど、母にもとても似合うと思う。

B　□□の中の言葉を使って、下の文を完成しなさい。一つの言葉は１回しか使えません。

a　について	b　に対して	c　にこたえて
d　をめぐって	e　向けに	f　にかかわる

　わたしは昨年、いのち1_____病気をした。その時、この作品を読んだ。これは子ども2_____やさしく書かれた本である。もっとも本当に子どものためになるものかどうか3_____は、いろいろ議論があったようだ。この本を書いたAという作家4_____、わたしはよく知らなかったが、本の中の「病気5_____闘争心を持つことこそ大切だ」という言葉には大変励まされた。これからも読者の期待6_____、いい作品を書いてほしいと思う。

C　□□の中から最も適当な言葉を選んで、その記号を_____の上に書き入れなさい。一つの言葉は１回しか使えません。

a　要求	b　人命	c　病気	d　お年寄り	e　規則改正

1　その_____について医学書で調べてみました。

2　_____にかかわる大切な問題だから、よく聞きなさい。

3　学生たちの_____にこたえて、先生方との討論会が行われることになった。

4　この料理は_____向けに味つけしてあります。

5　_____をめぐって、まだ議論が続いている。

2 目的・手段・媒介

ものごとが行われる目的や手段や方法、その間で役目を果たす人やものを言いたい時は、どんな言い方がありますか。

知っていますか

a によると　　b 上で　　c を通じて　　d による　　e によって

1 この曲は大学生の作曲家_____作られたそうだ。
2 小林さんの話_____、ここに新しい道路ができるということだ。
3 木村さんとは共通の友人の紹介_____知り合ったんです。
4 調査を進めていく_____関係者全員から意見を聞くことが必要だ。
5 原子力発電_____電力供給はますます増えてきている。

使えますか

1 上野には {
a 地下鉄よりJR線で
b 地下鉄よりJR線によって
} 行くのが便利でしょう。

2 「赤毛のアン」は {
a カナダの女性作家に
b カナダの女性作家によって
} 書かれた青春小説の大ベストセラーです。

3 旅行の切符やホテルの予約は、{
a 旅行会社を通しての
b 旅行会社を通して
} 予約が簡単で確実です。

4 a 小学生とテレビの関係について調査するために
b 小学生とテレビの関係について調査するように
} アンケートを行うことにした。

5 外国語を勉強する上で {
a テレビをさっそく買った。
b テレビはかなり役に立つ。
}

答は次のページにあります。

Ⅰ 目的　あることを目指して、またはあることをするために、と言いたい時

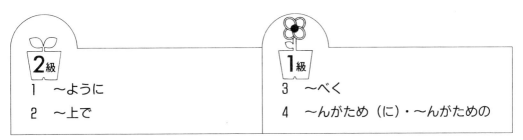

2級	**1級**
1　〜ように	3　〜べく
2　〜上で	4　〜んがため（に）・〜んがための

 Ⅰ・1　〜ように【〜という目的が実現することを期待して】

①かぜが早く治るように注射を打ってもらいました。

②「黒板の字がよく見えるように前の席に座りましょう。」

③誰にもわからないようにそっと家を出たのだが、母に見つかってしまった。

④小鳥が集まって来るように庭にパンくずをまいた。

☞　　「〜」には話す人の意志を表さない動詞（意志を含まない動詞や可能の意味を
　　　表す動詞など）が来る。

◎◎◎　動詞の辞書形・〜ない形　＋ように　　　　　　　→12課1「〜ように・〜ような」

 Ⅰ・2　〜上で【〜のに】

●「〜」という重要な目的を表す。

①テレビは外国語の勉強の上でかなり役に立ちます。

②今度の企画を成功させる上で、ぜひみんなの協力が必要なのだ。

③数学を学習する上で大切なことは、基礎的な事項をしっかり身につけることだ。

④有意義な留学生活をおくる上での注意点は下に書いてある通りです。

☞　　　×日本での生活の上でいろいろなものを買った。
　　　後には、その目標に必要なこと、大切なことなどを述べる文が来る。動作を
　　　表す文は来ない。

　　　　○日本での生活の上で必要なものは何ですか。

 1e　2a　3c　4b　5d　　　　 1a　2b　3a　4a　5b

動詞の辞書形／する動詞の名詞＋の　＋上で

→11課Ⅰ・3「～の上で・～上・～上の」

Ⅰ・3　～べく【～う（よう）と思って】

●「ある目的をもってそうした」と言いたい時。

①ひとこと鈴木さんに別れの言葉を言う<u>べく</u>彼のマンションを訪れたのだが、彼はすでに出発したあとでした。

②彼女は新しい気持ちで再出発する<u>べく</u>、長野県の山村に引っ越して行った。

③田中氏は記者会見場に向かう<u>べく</u>、上着を着て部屋を出た。

☞　　×インドのラムさんを迎える<u>べく</u>空港まで行ってください。

　　後の文には依頼や命令、働きかけを表す文は来ない。

　　○インドのラムさんを迎える<u>べく</u>空港まで行ったが、会えなかった。

動詞の辞書形　＋べく（「する」は「すべく」もある）

Ⅰ・4　～んがため（に）・～んがための【～う（よう）という目的をもって】

●「ぜひ実現させたい積極的な目的をもってあることをする」と言いたい時。

①研究を完成さ<u>せんがため</u>、彼は昼夜寝ずにがんばった。

②一日も早く自分の店を持た<u>んがために</u>、必死で働いているのだ。

③これも勝た<u>んがための</u>練習だから、がんばるしかない。

④災害から1週間たった。避難先のこの地で生き<u>んがための</u>方法をあれこれ考えて昨夜はよく眠れなかった。

☞1　　×大学に進学<u>せんがために</u>がんばってください。

　　後の文には依頼や命令、働きかけを表す文は来ない。

　　○あの頃わたしは大学に進学<u>せんがために</u>、毎日必死でがんばった。

☞2　文語的な硬い表現。

動詞の（ない）形　＋んがために（「する」は「せんがため」）

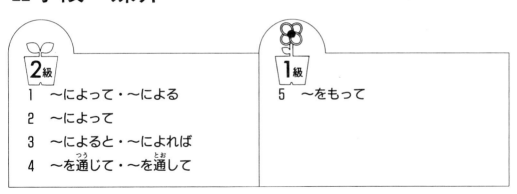

II 手段・媒介 ものごとが行われる手段や方法、その間で役目を果たす人やものを言いたい時

2級
1 ～によって・～による
2 ～によって
3 ～によると・～によれば
4 ～を通じて・～を通して

1級
5 ～をもって

II・1 ～によって・～による

●「～」という手段や方法で、あることをすると言いたい時。

①その問題は話し合いによって解決できると思います。
②ボランティア活動に参加することによって自分自身も多くのことを学んだ。
③数学者は正しい推論によって次々と定理を導き出す。
④彼は両親の死後、叔父家族の温かい援助と励ましにより、自分の目指す道に進むこ

とができた。
⑤山田さんの仲介による商談は結局、不調に終わった。

☞　　×駅までバスによって行ったらどうですか。
　　　×じゃ、この書類をファックスによってお願いします。
　　「～によって」は身近な道具や手段には使われない。
　　　○駅までバスで行ったらどうですか。
　　　○じゃ、この書類をファックスでお願いします。

◯◯◯　名詞　＋によって

II・2 ～によって【～に】

●受身文において、受身動詞の動作の主体を表す。

①「リア王」はシェークスピアによって書かれた三大悲劇の一つです。
②このボランティア活動はある宗教団体によって運営されている。
③地震予知の研究はアメリカ、中国、日本などの専門家によって進められてきた。

☞　受身文の動作主はふつうは「に」によって表されるが、特に文の主語が生物以外のもので特定の動作主に焦点を当てたい場合などには「〜によって」が使われることが多い。

◎◎◎　名詞　＋によって

🎁 II・3　〜によると・〜によれば【〜では】
●伝聞の文において、その内容をもたらした情報源を表す。

①テレビの長期予報によれば、今年の夏は特に東北地方において冷夏が予想されるそうです。

②経済専門家の予想によると、円高傾向は今後も続くということだ。

③妹からの手紙によれば、弟は今年、オーストラリアの自転車旅行を計画しているとのことだ。

◎◎◎　名詞　＋によると

🎁 II・4　〜を通じて・〜を通して【〜を手段として／〜を間に立つものとして】
●何かが成立する時や何かをする時の仲立ちや手段となる人やものごとを表す。

①わたしはそのことをテレビのニュースを通じて知りました。
②彼とは共通の友人を通じて知り合った。
③「このような民間レベルの国際交流を通じて、両国の相互理解が少しずつでも進んでいくことを願っています。」
④「社長に会うときは、秘書を通してアポイントメントを取ってください。」
⑤田中さんご夫妻を通しての結婚の話は残念ながらうまくいかなかった。

☞　「〜を通じて」「〜を通して」は同じように使える場合が多いが、「〜を通じて」は「〜」を何かが成立するときの媒介、手段としてとらえ、「〜を通して」は「〜」を間に立てて何かをする、という積極的な意味で使われることが多い。

→3課5「〜を通じて・〜を通して」

II・5　〜をもって【〜で】

●「〜」を用いてあることをするという意味。

①誠実な田中さんは非常な努力をもって問題解決に当たりました。

②試験の結果は、1週間後に書面をもってお知らせします。

③今回のアルバイトでわたしは働くことの厳しさを身をもって経験した。

④彼の実力をもってすれば、金メダルは間違いないだろう。

⑤彼の能力をもってしても、社長になるのは無理だろう。

☞　　×この紙を10枚ずつクリップをもって留めておいてください。
　　　身近で具体的な道具や手段にはあまり使われない。

　　　○この紙を10枚ずつクリップで留めておいてください。

練習　2　目的・手段・媒介

A　どちらの使い方が適切ですか。いい方の記号に○をつけなさい。

1　この病気の治療を続ける上で、

{ a　注意しなければならないことはどんなことでしょうか。

　b　有名な病院に移ることにしました。

2　ラジオ講座を聴くべく、

{ a　ラジオのスイッチを入れよう。

　b　ラジオのスイッチを入れたら、思いがけないニュースをやっていた。

3　a　いい写真をとるように
　　b　いい写真がとれるように }高級なカメラを買った。

4　来年は受験なので、{ a　わたしが楽しく勉強するように
　　　　　　　　　　　b　子どもが楽しく勉強するように }部屋を改造しようと思う。

5　タンさん一家は{ a　新しい生活を始めんがため
　　　　　　　　　b　新しい生活が始まらんがため }国を離れた。

B　下の文の下線の言葉が￣￣の中の言葉で言い換えられる時は、その記号を
　　（　　　）の中に書きなさい。一つの言葉は1回しか使えません。ただし、言い換
　　えられないものが二つあります。

┌───┐
│　　a　によって　　　b　をもって　　　c　をもってすれば　│
│　　d　を通じて　　　e　べく　　　f　上で　　　g　によると　│
└───┘

1　古いものを知ることで新しいものをつくり出すことができる。
　　　　　　　　（　　　　　　）

2　けさの新聞では、今年の交通事故の死者数は1万人を超えそうだということだ。
　　　　　　　　（　　　　　　）

3　この町は自転車で買い物に行ったりするには、ちょっと坂が多すぎるんですよ。
　　　　　　　　（　　　　　　）

4　父の知人の紹介で、わたしはこの会社に入ることができた。
　　　　　　　　（　　　　　　）

5　この写真集はこの地方の伝統文化を知るのに、とても役に立ちました。
　　　　　　　　　　　　　　（　　　　　　）

6　ご依頼の件につきましては、当協会の規定により正式な文書でお申し込みいただ
　　きたく、お知らせいたします。　　　　　　　　　　（　　　　　　）

7　彼は知らせを待っているだろうから、とりあえず電話で知らせてあげよう。
　　　　　　　　　　　　　　　　（　　　　　　）

8　部長の説得力で当たれば、あのがんこな社長も主張を曲げるかもしれない。
　　　　　　　　（　　　　　）

9　昔の人々は江戸で米や野菜を売るためにこの川を舟で下って行ったという。
　　　　　　　　　（　　　　　　）

C　□の中の言葉を使って文を完成しなさい。一つの言葉は1回しか使えません。

a　ように	b　べく	c　を通じて
d　による	e　上で	f　によると

　私の兄は、現在、京都のある大学で環境デザインを勉強している。兄1＿＿＿＿、この学部は若い先生が多く、授業もとても活気があるそうだ。先生たちの考えでは、いい授業をする2＿＿＿＿何より大切なのは、教師と学生の間の知的な相互作用であり、その考えから、学生たち一人ひとりが積極的に授業に参加できる3＿＿＿＿、少人数制のクラスになっているそうだ。また、学生たち4＿＿＿＿自主的な活動も盛んだということだ。私は兄5＿＿＿＿この大学についていろいろ知るようになった。来年は私もこの大学に入る6＿＿＿＿、努力するつもりだ。

3 起点・終点・限界・範囲 起點・終點・限界・範圍

ものごとの始まりと終わり、上と下の限界、その間を言いたい時は、どんな言い方があります
か。

知っていますか

a をはじめ　b にかけて　c にわたって　d を通じて　e だけ

1　奈良には法隆寺＿＿＿＿＿古い寺がたくさんある。
2　食べ放題というのは、食べたい＿＿＿＿＿食べてもいいということです。
3　九月から十月＿＿＿＿＿は、各地で祭りが行われます。
4　彼はすべての科目＿＿＿＿＿、いつも成績がいい。
5　在学期間＿＿＿＿＿、彼はいつもクラスのリーダーだった。

使えますか

1　a　ご両親をはじめ、
　　b　ご両親からして、　｝ご家族の皆さんはお元気ですか。

2　a　夜中から明け方まで、
　　b　夜中から明け方にかけて、　｝弱い地震が数回あった。

3　a　あしたは東北地方の全域にわたって、
　　b　あしたは東北地方の全域のかぎり、　｝雪が降ります。

4　ここにあるものを　｛a　できるだけたくさん運んでください。
　　　　　　　　　　　b　できるばかりたくさん運んでください。

5　a　この地方は年間のかぎり
　　b　この地方は年間を通じて　｝雨が少ない。

答は次のページにあります。

起点・終点・限界・範囲
きてん しゅうてん げんかい はんい

ものごとの始まりと終わり、上と下の限界、その間を言いたい時

2級

1　～をはじめ（として）・
　　～をはじめとする

2　～からして

3　～から～にかけて

4　～にわたって・～にわたる

5　～を通じて・～を通して
　　　　　つう　　　　　とお

6　～だけ・～だけの

7　～かぎり・～かぎりの

1級

8　～を皮切りに（して）・
　　　　かわき
　　～を皮切りとして

9　～に至るまで
　　　いた

10　～を限りに
　　　　かぎ

11　～をもって

12　～というところだ・
　　～といったところだ

 1　～をはじめ（として）・～をはじめとする【～を第一に】
だいいち

● 「～」に代表となるものをあげ、「同じグループの他のものもみんな」と言いたい時。
　　　　だいひょう

①ご両親をはじめ、家族の皆さんによろしくお伝えください。（手紙文）
　りょうしん　　　　　みな　　　　　　　つた

②わたしは日本に来てから保証人をはじめ多くの方のお世話になって暮らしています。
　　　　　　　　　　　ほしょうにん

③東京の霞ヶ関には、国会議事堂をはじめとして国のいろいろな機関が集まっている。
　　　かすみがせき　　こっかいぎじどう　　　　　　　　　　　きかん

④アジアで行われた初めての世界女性会議には、アメリカをはじめとする世界各国の女
　　　　　おこな　はじ　　　じょせいかいぎ　　　　　　　　　　　　　かっこく
　性代表が参加した。
　だいひょう さんか

　　2「～からして」の☞を参照。
　　　　　　　　　　　さんしょう

 2　～からして【第一の例を挙げれば】
だいいち れい あ

①わたしはあの人があまり好きではない。下品な話し方からして気にいらない。
　　　　　　　　　　　　　す　　　　げひん

②この地方の習慣はわたしのふるさとの習慣とはずいぶん違っている。第一、毎日の
　　ちほう　しゅうかん　　　　　　　　　しゅうかん　　　　　　ちが
　食べ物からして違う。

　1a　2e　3b　4c　5d　　　　　1a　2b　3a　4a　5b

③この店の雰囲気は好きになれない。まず、流れている音楽からしてわたしの好みではない。

☞　　Ⅰ「〜をはじめ」と意味、用法はよく似ているが、「〜をはじめ」は代表をとりあげ、それを含む全体を言う。「〜からして」はふつうはあまり問題にならないことをわざわざ取りあげ、「それが第一に」と言ってマイナスのことを表現することが多い。

◎◎◎　　名詞　＋からして

3　〜から〜にかけて【〜からまでの間】

①このスタイルは1970年代から1980年代にかけて流行したものだ。

②朝、7時半から8時にかけて、電車が大変込み合う。

③あすは東北から関東にかけて、小雨が降りやすい天気になるでしょう。(天気予報)

④首都高速道路は銀座から羽田にかけて、ところどころ渋滞となっております。(交通情報)

☞　　×A駅からB駅にかけて、わたしのアパートがあります。
　　　　×夜中から明け方にかけて、チンさんが訪ねて来ました。
「〜から〜まで」は始まりと終わりがはっきりしていて、その間ずっと同じ状態が続いていることを表す。「〜から〜にかけて」は始まりと終わりがそれほどはっきりしていない。後の文は1回だけのことではなく、連続的なこと。
　　　　○A駅からB駅にかけてアパートがたくさん並んでいる。
　　　　○夜中から明け方にかけて弱い地震が数回あった。

◎◎◎　　名詞　＋から+名詞　＋にかけて

4　〜にわたって・〜にわたる【〜の全体に】

●「〜の範囲の全体にそのことが言える」と言いたい時。

①今度の台風は日本全域にわたって被害を及ぼした。

②理事会の決定については、すべての学部にわたって学生の不満が広まった。

③全課目にわたり優秀な成績をとった者には奨学金を与える。

④1年間にわたる橋の工事がようやく終わった。

⑤7日間にわたった競技大会も今日で幕を閉じます。

◍◍◍　　名詞（めいし）　＋にわたって

5　〜を通（つう）じて・〜を通（とお）して【〜の間ずっと】

①人類（じんるい）の歴史（れきし）を通じて、地球（ちきゅう）のどこかで常（つね）に戦争（せんそう）が行われていた。

②この地方（ちほう）は一年を通じてほとんど同じような天候（てんこう）です。

③留学（りゅうがく）時代を通して、わたしは保証人（ほしょうにん）や先生からとてもいい影響（えいきょう）を受（う）けた。

④一年を通して彼（かれ）は無遅刻（むちこく）、無欠席（むけっせき）でがんばり、皆勤賞（かいきんしょう）をもらった。

☞　　「〜を通して」は積極的（せっきょくてき）、意志的（いしてき）な文（むん）と結（むす）びつくことが多い。

→ 2 課（か）Ⅱ・4「〜を通じて・〜を通して」

6　〜だけ・〜だけの【〜の範囲（はんい）は全部（ぜんぶ）】

①テーブルの上のものは食べたいだけ食べてもいいのです。

②「ここにあるお菓子（かし）をどうぞ好（す）きなだけお取（と）りください。」

③「あしたはできるだけ早く来てください。」

④わかっているだけのことはもう全部話しました。

☞　　③のように「できるだけ〜」の形（かたち）で慣用的（かんようてき）に使うこともある。

◍◍◍　連体修飾型（れんたいしゅうしょくがた）（肯定形（こうていけい）だけ。「名詞＋の」の形はない）　＋だけ

7　〜かぎり・〜かぎりの【〜の限界（げんかい）まで】

①「何かわたしにお手伝（てつだ）いできることがあったら言ってください。できるかぎりのこと
はいたしますから。」

②戦後（せんご）このあたりは見渡（みわた）すかぎり焼（や）け野原（のはら）だった。

③さあ、いよいよあしたは入学試験だ。力（ちから）のかぎりがんばってみよう。

④わたしたちのチームが負（ま）けそうになったので、みんなあらんかぎりの声を出して応援（おうえん）
した。

☞　　慣用表現（ひょうげん）として上のような例（れい）がよく使われる。

→ 8 課 3「〜かぎり（は）」

8　〜を皮切りに(して)・〜を皮切りとして【〜から始まって】

●「〜から始まって、その後次々に」と言いたい時。

①そのバンドは東京公演を皮切りに、各地で公演をすることになっている。

②彼の発言を皮切りにして、大勢の人が次々に意見を言った。

③この作品を皮切りとして、彼女はその後、多くの小説を発表した。

9　〜に至るまで【〜までも】

●「ものごとの範囲がそんなことにまで達した」と言いたい時。

①警察の調べは厳しかった。現在の給料から過去の借金の額に至るまで調べられた。

②中山さんはよほどわたしに関心があるらしく、休日のわたしの行動に至るまでしつ

こく知りたがった。

③身近なごみ問題から国際経済の問題に至るまで、面接試験の質問内容は実にいろいろ

だった。

☞　上限を強調して表すのであるから、「〜」には極端な意味の名詞が来る。

⊙⊙⊙　名詞　＋に至るまで

10　〜を限りに【〜を最後として】

●今まで続いていたことが今後はもう続かなくなることを表す。

①今日を限りに禁煙することにしました。

②今回の取引を限りに、今後A社とはいっさい取引しない。

③今年度を限りに土曜日の業務は行わないことになりました。

☞　「〜の限界まで」という意味の次のような慣用的表現もある。

　　・遠くなっていく船に向かって、彼は声を限りに恋人の名を呼んだ。

11　〜をもって【〜で】

①「本日をもって今年の研修会は終了いたします。」

②今回をもって粗大ごみの無料回収は終わりにさせていただきます。（お知らせ）

③「これをもちまして第十回卒業式を終了いたします。」

☞　　公式文書やあいさつなどにみられる言い方。

12　～というところだ・～といったところだ【最高でも～だ／せいぜい～だ】

①このクラスの毎回のテストの平均点は75点といったところだろうか。

②「毎日の睡眠時間？　そうですねえ、6時間といったところです。」

③来年度わたしがもらえそうな奨学金はせいぜい5万円というところだ。

☞　　せいぜい～だ、最高でも～だ、～以上ではない、と言いたい時の言い方なので、
　　　「～」にはあまり多くないと思える数量が来る。

◯◯◯　　数量　＋というところだ

練習

3　起点・終点・限界・範囲

A　□の中の言葉を使って、下の文を完成しなさい。一つの言葉は1回しか使えません。

> I
>
> | a をはじめ | b からして | c にかけて |
> | d にわたる | e を通じて | f だけ | g かぎり |

　　わたしは1990年から91年 **1** ＿＿＿世界のあちこちに行った。そして92年から95年まで日本の大学で勉強した。4年間 **2** ＿＿＿留学生活の間、保証人 **3** ＿＿＿いろいろな方のお世話になった。日本では食べ物 **4** ＿＿＿わたしには合わなくて、はじめのうちはとても困った。しかし、日本には年間 **5** ＿＿＿いろいろな野菜があるし、保証人も「うちの畑のものは好きな **6** ＿＿＿持って行っていいですよ」と言ってくれたのでありがたかった。わたし自身も、その時、力の及ぶ **7** ＿＿＿がんばろうと思った。

II

a を皮切りに	b に至るまで	c を限りに	
d をもって	e というところ		

1 今日＿＿＿＿、もうあの人とは会わない。

2 A会社の初任給はそんなに高くない。せいぜい18万円＿＿＿＿だろうか。

3 この映画＿＿＿＿、以後次々にアジアの映画が日本で上映されるようになった。

4 彼は神経の細かい人で、その日に食べた食事の内容やその値段、消費税＿＿＿＿、手帳に書いている。

5 本年度＿＿＿＿、当協会は解散いたします。

B どちらが適切ですか。いい方の記号に○をつけなさい。

1 この店の商品は高級品ばかりだ。（a ダイヤの指輪　b ハンカチ）からして、わたしには手が出ない。

2 年末から年始にかけて、わたしは（a 新しい服を買った　b ふるさとの母のところに行っていた）。

3 この学校の屋上から見ると見渡すかぎり（a 富士山が見える　b ビルばかりだ）。

4 （a 週末　b 1週間）にわたる講習会は、とても評判がよく、次回もぜひ参加したいという人が大勢いた。

5 今年は一年を通じて（a 忙しかった　b 日本語学校に入学した）。

6 今年度をもって（a この研究会は終わります　b 新しい研究会が発足します）。

時点・場面

時間・場面

ものごとが行われる時や場面を示したい時は、どんな言い方がありますか。

知っていますか

a 折に　b うちに　c ところに　d に際して　e 最中に

1　コーヒーショップで話をしている_____、大切な用事を忘れてしまった。
2　このたびのわたしの入院_____、いろいろな人のお世話になった。
3　閉会のあいさつが終わった_____、中川さんが入って来た。
4　先日京都へ旅行した_____、京都大学の山田教授を訪ねた。
5　面接試験の_____、急におなかが痛くなった。

使えますか

1　a 非常の折には
　　b 非常の際には　　}この出口から出てください。

2　研究発表するにあたって、{ a 病気になってしまった。
　　　　　　　　　　　　　　 b いろいろ準備をした。

3　a 音楽を聴いているうちに、
　　b 音楽を聴いているところで、　}眠くなってきた。

4　みち子はちょっと本を読みかけたが、{ a すぐに眠ってしまった。
　　　　　　　　　　　　　　　　　　 b 1時間で全部読んでしまった。

5　a わたしはにぎやかな最中でも
　　b わたしは会議の最中でも　　}眠ることがある。

答は次のページにあります。

時点・場面 _{じてん ばめん}　ものごとが行われる時や場面を示したい時

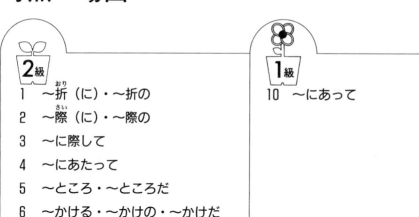

2級
1　〜折（に）・〜折の
2　〜際（に）・〜際の
3　〜に際して
4　〜にあたって
5　〜ところ・〜ところだ
6　〜かける・〜かけの・〜かけだ
7　〜うちに
8　〜最中（に）・〜最中だ
9　〜において・〜における

1級
10　〜にあって

1　〜折（に）・〜折の【〜機会に】

①このことは今度お目にかかった折に詳しくお話しいたします。
②先月北海道に行った折、偶然昔の友達に会った。

③何かの折にわたしのことを思い出したら手紙をくださいね。
④寒さ厳しい折から、くれぐれもお体を大切にしてください。✉

☞　「あるいい機会に」という意味であるから、後の文にはマイナスのことがらは
　　あまり来ない。
🔗　連体修飾型（否定形は少ない）　＋折（に）

2　〜際（に）・〜際の【〜時に】

①非常の際はエレベーターを使わずに、階段をご利用ください。
②これは昨年、ある大臣がアメリカを訪問した際に、現地の子どもたちから受け取った

---

　1 b　2 d　3 c　4 a　5 e　　　1 b　2 b　3 a　4 a　5 b

メッセージである。

③申込用紙は3月1日までにお送りください。その際、返信用封筒を忘れずに同封し

てください。

④「昨年、わたしがボランティアセミナーを行った際の記録をお見せいたします。」

　　　　連体修飾型（否定形と形容詞の例は少ない）　＋際に

3　～に際して【～をする時に】

●「ある特別なことを始める時点で」または「その進行中の時点で」という意味。

①来日に際していろいろな方のお世話になった。

②「お二人の人生の門出に際して、ひとことお祝いの言葉を申し上げます。」

③このたびの私の転職に際しましては、並々ならぬお世話になりました。

④この調査を始めるに際しては、関係者の了解をとらなければならない。

　　　　動詞の辞書形／する動詞の名詞　＋に際して

4　～にあたって【～をする時に】

●「～」という特別な時に対する積極的な姿勢を言いたい時。

①「新学期にあたって、皆さんに言っておきたいことがあります。」

②新居を購入するにあたって、わたしども夫婦はいろいろな調査をしました。

③研究発表をするにあたって、しっかり準備をすることが必要だ。

④この計画を実行に移すにあたり、ぜひ周囲の人の協力を求めなければならない。

　　　　動詞の辞書形／名詞　＋にあたって

5　～ところ・～ところだ

●ある行為のどの段階であるかを表す。

①家を出るところを母に呼びとめられ、いろいろ用事を頼まれた。

②3ページまで終わり、4ページに入るところで終了のベルが鳴ってしまった。

③ご飯を食べているところに電話がかかってきた。

④「おやすみのところを起こしてしまってすみません。」

⑤「もしもし、今空港に着いたところです。今からそちらに行きます。」

⑥会議が終わったところへ小林さんがあわてて入ってきた。

☞　「〜ところ」の前に来る動詞の活用形によって、過去か、現在進行中か、近い未来かを示す。

　　また、後に来る動詞がどんな助詞をとるかによって、「〜ところ」の後ろにつく助詞が、ところに、ところへ、ところで、ところを、のように変化する。

⚭　動詞の辞書形・〜ている形・〜た形　＋ところ

6　〜かける・〜かけの・〜かけだ

●ある動作をし始めるが、し終わらないで途中になっている状態を表す。

①席に座ると列車はすぐに動き出した。わたしは雑誌を読みかけて、そのままうとうと寝込んでしまった。

②こんなところに食べかけのりんごを置いて、あの子はどこへ行ったのだろう。

③別れる時、マリは何か言いかけたが、すぐに下を向いてしまった。

⚭　動詞の（ます）形　＋かける

7　〜うちに【〜している間に】

●「〜」の間に、はじめは予想しなかったような結果になることを表す。

①今は上手に話せなくても練習を重ねるうちに上手になります。

②友達に誘われて何回か山登りをしているうちに、わたしもすっかり山が好きになった。

③親しい仲間が集まると、いつも楽しいおしゃべりのうちにたちまち時間が過ぎてしまう。

④ふと外を見ると、気がつかないうちに雨が降り出していた。

☞　「〜」には継続性を表す語が来る。

⚭　動詞の辞書形・〜ている形・〜ない形／名詞＋の　＋うちに

→5課II・5「〜うちに・〜ないうちに」

8　〜最中（に）・〜最中だ【ちょうど〜中に】

● 「ちょうど〜している時」という意味。

①新入社員の小林さんは、会議の最中にいねむりを始めてしまった。

②来年度の行事日程については、今検討している最中です。

③今考えごとをしている最中だから、少し静かにしてください。

　　　動詞の〜ている形／名詞＋の　＋最中（に）

9　〜において・〜における【〜で/〜に】

● ものごとが行われる場所、場面、状況を表す。

①式典はA会館において行われる予定。

②この植物は、ある一定の環境においてしか花を咲かせない。

③学会における彼の地位は必ずしも高くないが、彼の研究は高く評価されている。

④このレポートでは江戸時代における庶民と武士の暮らし方の比較をしてみた。

☞　　方面、分野にも使われる。
　　　・最近、人々の価値観においても、ある小さな変化が見られる。
　　　・マスコミはある意味において、人を傷つける凶器ともなる。
　　　・憲法研究における山本氏の業績は、広く知られているところである。

　　　名詞　＋において

10　〜にあって【〜に/〜で】

● 「〜のような特別な事態、状況に身をおいて」と言いたい時に使う。

①今、A国は経済成長期にあって、人々の表情も生き生きとしている。

②数学は高度情報社会にあって、必要な教養となっている。

③「この非常時にあって、あなたはどうしてそんなに平気でいられるのですか。」

☞　　③の例のように、「こんな大変な状況にいるのに」と、後の文と逆接的につな

　　　がることがある。

　　　名詞　＋にあって

4　時点・場面

A　□□の中の言葉を使って、下の文を完成しなさい。一つの言葉は１回しか使えません。

| a 際　　b にあたって　　c ところに　　d うちに |
| e 最中に　　f において　　g にあって |

　　１年のはじめ１_____、ひとことごあいさつを申し上げます。昨年は厳しい年でした。契約交渉の２_____地震が起こったり、ようやく工事が終わった３_____台風が来たりしました。

　　しかし、厳しいということは、ある意味４_____いいことです。困難な状況５_____あれこれ考えている６_____新しい計画が生まれてくるのです。今後も何か困ったことが発生した７_____はみんなで助け合っていきたいと思います。

B　_____の上に、を、に、で、また必要がない時は×を書き入れなさい。

1　タバコを吸っているところ_____見つかってしまった。

2　家に帰ると、夫が大阪から帰ったところ_____だった。

3　コウさんはいつもわたしがご飯を食べようとしているところ_____来るんです。

4　きのうの試験では、もうちょっとというところ_____、終了のベルが鳴ってしまった。

5　出かけようとしているところ_____、電話がかかってきた。

6　窓から顔を出しているところ_____写真に撮られたのです。

7　今食事をしているところ_____です。後でこちらからお電話します。

8　この時計は３時をちょっと過ぎたところ_____止まっている。

9　ご家族そろってお食事中のところ_____行っては、失礼かもしれませんよ。

10　赤ちゃんがもう少しで眠るところ_____だから、ちょっと静かにしてください。

時間的同時性・時間的前後関係
じ かん てき どう じ せい　じ かん てき ぜん ご かん けい

時間上的同時性・時間上的前後關係

二つのことがらがほとんど同時に起こることを言いたい時や、二つのことがらの時間的な前後
関係を言いたい時は、どんな言い方がありますか。

知っていますか

a 次第 b うちに c かと思うと d からでないと e はじめて
　　しだい

1 ラッシュアワーの時は、今電車が出て行った_____もう次の電車が来る。

2 この書類は検討が済み_____、すぐ営業課の方へ回してください。
　　　しょるい　けんとう　す　　　　　　えいぎょうか　　まわ

3 料理の材料は忘れない_____ノートに書いておこう。
　　　ざいりょう　わす

4 この果物は実がもっと大きくなって_____おいしくない。
　　　くだもの　み

5 木村さんと別れて_____、彼女の本当の心の深さを知った。
　きむら　　　　　　　かのじょ　ほんとう　こころ　ふか

使えますか

1 a テレビをつけたとたんに、テレビの後ろでバチッと音がした。

　 b テレビが終わったとたんに、おふろに入りなさいよ。

2 アメリカから帰国して以来、 { a 大学院に入りました。
　　　　　　　　いらい　　　　　　b ずっと大学院に通っています。

3 a 研究会での発表に先立って、主催者から発表者に対して説明があった。
　　　　　　はっぴょう　さきだ　　しゅさいしゃ　　　　　たい　せつめい

　 b 買い物に行くに先立って、窓を閉め、かぎをかけた。
　　　　　　　　　　　　　まど　し

4 a 8時になったら、
　 b 8時になったかと思うと、 } すぐ出かけよう。

5 社長が着き次第、 { a 会議を始めた。
　　　　　　　　　　b 会議を始めよう。
　　　　　　　　　　 かいぎ

答は次のページにあります。
　つぎ

I 時間的同時性 二つのことがらがほとんど同時に起こることを言いたい時

2級

1　～たとたん（に）
2　～（か）と思うと・
　　～（か）と思ったら
3　～か～ないかのうちに
4　～次第

1級

5　～が早いか
6　～や・～や否や
7　～なり
8　～そばから

 I・1　～たとたん（に）【～したら、その瞬間に】

●「～が終わったのとほとんど同時に予期しないことが起こった」と言いたい時に使う。前のことと後のことは、互いに関係があることが多い。

①ずっと本を読んでいて急に立ち上がったとたん、めまいがしました。

②わたしが「さようなら」と言ったとたん、彼女は泣き出した。

③出かけようと思って家を出たとたんに、雨が降ってきた。

④電話のベルが鳴ったとたんに、みんなは急にシーンとなった。みんなが待っていた電話なのだ。

☞　　3「～か～ないかのうちに」の☞を参照。

 I・2　～（か）と思うと・～（か）と思ったら【～すると、すぐに】

●「～が起こった直後に後のことが起こる」と言いたい時に使う。

①空で何かピカッと光ったかと思うと、ドーンと大きな音がして地面が揺れた。

②あの子はやっと勉強を始めたと思ったら、もういねむりをしている。

③うちの子どもは学校から帰って来たかと思うと、いつもすぐ遊びに行ってしまう。

　　1c　2a　3b　4d　5e　　　　　　1a　2b　3a　4a　5b

☞　　3「～か～ないかのうちに」の☞を参照。

◯◯◯　動詞の辞書形・～た形　＋(か)と思うと

 Ⅰ・3　～か～ないかのうちに【～すると、同時に】

●「～が起こった直後に後のことが起こる」と言いたい時に使う。

①子どもは「おやすみなさい」と言った<u>か</u>言わ<u>ないかのうちに</u>、もう眠ってしまった。

②彼はいつも終了のベルが鳴った<u>か</u>鳴ら<u>ないかのうちに</u>、教室を飛び出して行く。

③この頃、うちの会社では一つの問題が解決する<u>か</u>し<u>ないかのうちに</u>、次々と新しい問題が起こってくる。

☞　　　×国へ帰った<u>とたんに</u>、結婚しようと思います。

　　　　×学校から帰って来た<u>かと思うと</u>、すぐ勉強しなさい。

　　　　×空港に着く<u>か</u>着か<u>ないかのうちに</u>電話をかけるつもりです。

　　　1「～たとたん（に）」、2「～(か)と思うと・～(か)と思ったら」、3「～か～ないかのうちに」は、現実のできごとを言うのであるから、命令文、意志の文、推量の文、否定文などが後に来ることはない。5「～が早いか」、6「～や・～や否や」、7「～なり」も同じ。

◯◯◯　動詞の辞書形・～た形　＋か＋～ない形　＋かのうちに

 Ⅰ・4　～次第【～したらすぐ】

●「～」が起こったら、すぐ後のことをするという意志を伝えたい時によく使う。

①「スケジュールが決まり<u>次第</u>、すぐ知らせてください。」

②「資料の準備ができ<u>次第</u>、会議室にお届けします。」

③「会長が到着し<u>次第</u>、会を始めたいと思います。もうしばらくお待ちください。」

④新しい実験室がもうすぐできる。完成<u>次第</u>、器具類のテストを始める予定だ。

◯◯◯　動詞の（ます）形／する動詞の名詞　＋次第

 Ⅰ・5　～が早いか【～すると、同時に】

●「～が起こった直後に後のことが起こる」と言いたい時に使う。

①小田先生はチャイムが鳴る<u>が早いか</u>、教室に入ってきます。

②ひろ子は自転車に乗ったが早いか、どんどん行ってしまった。

③その警察官は遠くに犯人らしい姿を見つけるが早いか、追いかけて行った。

☞　　3「〜か〜ないかのうちに」の☞を参照。

◯◯◯　　動詞の辞書形・〜た形　＋が早いか

Ｉ・6　〜や・〜や否や【〜すると、同時に】

●「〜が起こった直後に後のことが起こる」と言いたい時に使う。

①よし子は部屋に入って来るや、「変なにおいがする」と言って窓を開け放した。

②そのニュースが伝わるや否や、たちまちテレビ局に抗議の電話がかかってきた。

③社長の決断がされるや否や、担当のスタッフはいっせいに仕事にとりかかった。

☞１　後のことは前のことに反応して起こる予想外のできごとが多い。

☞２　3「〜か〜ないかのうちに」の☞を参照。

◯◯◯　　動詞の辞書形　＋や否や

Ｉ・7　〜なり【〜すると、同時に】

●「〜をすると同時に、ふつうではない動作をした」と言いたい時に使う。

①子どもは母親の顔を見るなり、ワッと泣き出しました。

②彼はしばらく電話で話していたが、とつぜん受話器を置くなり飛び出して行った。

③彼は合格者のリストに自分の名前を発見するなり、とび上がって大声をあげた。

☞　　3「〜か〜ないかのうちに」の☞を参照。

◯◯◯　　動詞の辞書形　＋なり

Ｉ・8　〜そばから【〜しても、すぐ】

●「〜しても〜しても、すぐ次のことが起こる」と言いたい時に使う。

①小さい子どもは、お母さんが洗濯するそばから、服を汚してしまいます。

②仕事を片づけるそばから次の仕事を頼まれるのでは体がいくつあっても足りない。

③もっと若いうちに語学を勉強すべきだった。今は習ったそばから忘れてしまう。

◯◯◯ 動詞の辞書形・～た形 ＋そばから

II 時間的前後関係 二つのことがらの時間的な前後関係を言いたい時

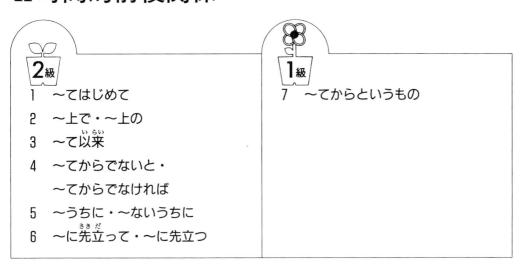

2級

1 ～てはじめて

2 ～上で・～上の

3 ～て以来

4 ～てからでないと・
  ～てからでなければ

5 ～うちに・～ないうちに

6 ～に先立って・～に先立つ

1級

7 ～てからというもの

II・1 ～てはじめて

● 「～する前はそうではなかったが、～した後、それが理由になってやっとその状態になる」と言いたい時に使う。

①入院してはじめて健康のありがたさがわかりました。

②スポーツは自分でやってみてはじめてそのおもしろさがわかるのです。

③大きな仕事は十分な準備があってはじめて成功するのだ。

II・2 ～上で・～上の【～してから】

● 「～をした後で、それに基づいて次の動作をする」と言いたい時に使う。

①詳しいことはお目にかかった上で、説明いたします。

②「申込書の書き方をよく読んだ上で、記入してください。」

③どの大学を受験するか、両親との相談の上で、決めます。

④これは一晩考えた上の決心だから、気持ちが変わることはない。

◯◯◯ 動詞の～た形・する動詞の名詞＋の ＋上で

II・3　〜て以来【〜してから、ずっと】

● 「ある動作の後、ある状態がずっと続いている」と言いたい時に使う。

①大学を卒業して以来、中山さんには一度も会っていません。

②一人暮らしを始めて以来、ずっと外食が続いている。

③あの画家の絵を見て以来、あの画家にすっかり夢中になっています。

☞　　　×退院して以来、旅行に行きました。

後には一回限りのことを表す文は来ない。

○退院して以来、家で静かに暮らしています。

II・4　〜てからでないと・〜てからでなければ【〜した後でなければ】

● 「〜した後でなければだめだから、前もって〜することが必要だ」と言いたい時に使う。

①野菜を生で食べるなら、よく洗ってからでないと、農薬が心配だ。

②木村教授には前もって電話してからでないと、お会いできないかもしれません。

③そのことについては、よく調査してからでなければ、責任ある説明はできない。

☞　　　後には困難や不可能の意味の文が来る。

II・5　〜うちに・〜ないうちに

● 「〜と反対の状態になったら実現が難しいから、そうなる前に」と言いたい時。

①独身のうちに、いろいろなことをやってみたいです。

② 「若いうちに勉強しなかったら、いったいいつ勉強するんですか。」

③体が丈夫なうちに、一度富士山に登ってみたい。

④ 「タンさんは3月に国へ帰るそうだよ。」

「本当？　東京にいるうちにぜひ一緒に食事をしようって言ってたんだ。」

⑤スープに生クリームを加えたら、沸騰しないうちに火からおろす。（料理の本から）

　　　　連体修飾型（現在形だけ）　＋うちに　　　　　　　→4課7「〜うちに」

II・6　〜に先立って・〜に先立つ【〜の前に準備として】

①出発に先立って、大きい荷物は全部送っておきました。

②計画実行に先立って、周りの人たちの許可を求める必要がある。

③首相がA国を訪問するに先立って両国の政府関係者が打ち合わせを行った。

④移転に先立つ調査に、時間もお金もかかってしまった。

☞　「〜」には大きな仕事などを表す言葉が来る。

◯◯◯　動詞の辞書形／する動詞の名詞　＋に先立って

II・7　〜てからというもの【〜してから、ずっと】

①たばこをやめてからというもの、食欲が出て体の調子がとてもいい。

②あの本を読んでからというもの、どう生きるべきかについて考えない日はない。

③円高の問題は深刻だ。今年になってからというもの、円高傾向は進む一方だ。

☞　「〜」が後の状態の契機になっている場合が多い。話す人の心情がこもっている。

練習

5　時間的同時性・時間的前後関係

□の中から適当なものを選んで（　　　　）の言葉と一緒に使い、前の文と後の文をつなげなさい。

> a　次第　　b　たとたん　　c　上で　　d　て以来
>
> e　そばから　　f　てからでないと

（立ち上がる）

1　いすから＿＿＿＿＿＿＿＿＿＿＿＿＿＿＿＿＿いすが倒れた。

(相談する)

2　親や先輩とよく＿＿＿＿＿＿＿＿＿＿＿＿＿＿＿＿進路を決めます。

(卒業する)

3　大学を＿＿＿＿＿＿＿＿＿＿＿＿＿＿＿＿＿一度もあの人に会っていない。

(片づける)

4　＿＿＿＿＿＿＿＿＿＿＿＿＿＿＿＿＿＿あの子は部屋をちらかす。

(やむ)

5　雨が＿＿＿＿＿＿＿＿＿＿＿＿＿＿＿＿＿出かけましょう。

(考える)

6　よく＿＿＿＿＿＿＿＿＿＿＿＿＿＿＿＿＿行くか行かないか決められない。

---

a　に先立って　　b　うちに　　c　てはじめて

d　かと思うと　　e　てからというもの

(温かい)

7　＿＿＿＿＿＿＿＿＿＿＿＿＿＿＿＿＿＿召し上がってください。

(工事開始)

8　＿＿＿＿＿＿＿＿＿＿＿＿＿＿＿＿＿近所にあいさつをする必要がある。

(着く)

9　彼は家に＿＿＿＿＿＿＿＿＿＿＿＿＿＿玄関に倒れてしまった。

(入院する)

10　＿＿＿＿＿＿＿＿＿＿＿＿＿＿＿＿看護婦の仕事の大変さがわかった。

(入院する)

11　病院に＿＿＿＿＿＿＿＿＿＿＿＿＿＿世間のできごとがまったくわから

ない。

6 進行・相関関係
しん こう　そう かん かん けい

ものごとがある方向に向かって進行している、または、一方が変化すると、それに応じて他方
も変化する、と言いたい時は、どんな言い方がありますか。

知っていますか

a ほど　b 一方だ　c につれて　d にしたがって　e つつある

1 学校で習った英語は、その後全然使わないので忘れる＿＿＿＿。
2 これは消防士の命を支える綱なのだから、丈夫なら丈夫な＿＿＿＿いい。
3 図書館の利用者が増える＿＿＿＿、本の数をもっと増やそうと思っている。
4 手術の後、日がたつ＿＿＿＿、体力も回復してきた。
5 都会人が失い＿＿＿＿もの、それは昔の人が衣食住に感じた季節感ではない
だろうか。

使えますか

1 カードで買い物をすると、 { a 結局は借金が増えるばかりだ。
　　　　　　　　　　　　　　 b いい物が増えるばかりだ。

2 a 試験の日になるにしたがって、 } だんだん心配になってきた。
　 b 試験の日が近づくにしたがって、

3 暖かくなるにつれて、 { a 桜のつぼみもふくらんできた。
　　　　　　　　　　　 b 桜の花を見に行こう。

4 この本は始めは難しいが、読み進むにしたがって、 { a おもしろい。
　　　　　　　　　　　　　　　　　　　　　　　　　 b おもしろくなってくる。

5 a 課長になればなるほど、 } 責任が増す。
　 b 社会的地位が上がれば上がるほど、

答は次のページにあります。

I 進行 ものごとがある方向に向かって進行していると言いたい時

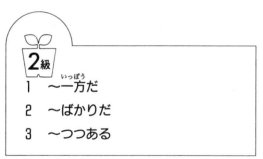

2級
1 〜一方だ
2 〜ばかりだ
3 〜つつある

I・1 〜一方だ【ますます〜していく】

●「〜」の方向にだけ変化が進んでいることを表す。

①2週間前に入院した母の病状は悪くなる一方で、心配です。
②家賃の高さ、物価の上昇、公害など、東京は住みにくくなる一方だ。
③事業に失敗して希望を失い、川口さんの生活は荒れていく一方だった。

☞　　　変化を表す動詞と接続する。 2「〜ばかりだ」の☞を参照。
∞∞∞　　動詞の辞書形　＋一方だ

I・2 〜ばかりだ【ますます〜していく】

●悪い方向にだけ変化が進んでいることを表す。

①父は年をとってから気難しくなるばかりで、この頃は誰も寄りつこうとしない。
②選挙の時の意見の対立が原因で、党内の二つのグループの関係は悪化するばかりだ。
③この頃の委員長の行動はよいとは言えない。彼への不信感は増すばかりだ。

☞　　　×この頃、雨が降る一方です。
　　　　×遠い外国にいて帰国したい気持ちをもつばかりだった。
　　　 1「〜一方だ」と同じように、変化を表す動詞と接続する。
　　　　○この頃、寒くなる一方です。
　　　　○遠い外国にいて故郷を思う気持ちは増すばかりだった。

 1b 2a 3d 4c 5e 　　　 1a 2b 3a 4b 5b

動詞の辞書形　＋ばかりだ

 Ⅰ・3　〜つつある【今ちょうど〜している】　　

①休みが増え、社員食堂ができ、職場環境は改善されつつある。

②この国の経済も最近は安定しつつあるが、国民の生活の向上にはまだまだ時間がかかりそうだ。

③わたしはホテルの窓から山の向こうに沈みつつある夕日を眺めながら、一杯のコーヒーをゆっくり楽しんだ。

　　動詞の（ます）形　＋つつある

Ⅱ 相関関係　一方が変化すると、それに応じて他方も変化すると言いたい時

> **2級**
>
> 1　〜ば〜ほど・〜なら〜ほど・〜ほど
> 2　〜につれて
> 3　〜にしたがって
> 4　〜に伴って
> 5　〜とともに

 Ⅱ・1　〜ば〜ほど・〜なら〜ほど・〜ほど【〜すれば〜になり、もっと〜すればもっと〜になる】

●「一方の程度が変われば、それと一緒に他方も変わる」と言いたい時の表現。

①就職試験のことは、考えれば考えるほど心配になってくる。

②お礼の手紙を出すのは早ければ早いほどいい。

③日常使う器具の操作は簡単なら簡単なほどいい。

④「アパートを探しています。駅に近いほどいいんですが、どこかありませんか。」

⑤優れた営業マンほど客の声に耳を傾け、外の人の批判にも謙虚になれるものだ。

☞　　④⑤のように「〜ば」や「〜なら」を省略した文もある。

→23課Ⅱ・1「〜ほど・〜ほどの・〜ほどだ」

🎁 Ⅱ・2 〜につれて【〜すると、だんだん】

● 「一方の程度が変化すれば、そのことが理由となって、他方も変化する」という意味。

①時間がたつにつれて、印象も次第に薄れていくから、今のうちに書いておこう。

②震災の被害状況についての調査が進むにつれ、被害の深刻さが次第に明らかになってきた。

③温度が上がるにつれて、水の分子の動きが活発になってくる。

④日本語の上達につれて、友達が増え、日本での生活が楽しくなってきた。

☞1 前の文にも後の文にも変化を表す言葉が来る。このことは、3「〜にしたがって」、4「〜に伴って」、5「〜とともに」も同じ。

☞2 ×二十歳になるにつれて、将来の志望を決めた。
　　　1回だけの変化には使えない。これはⅡの項目に共通の注意。

　　　○二十歳に近づくにつれて、将来の志望がはっきりしてきた。

☞3 「〜につれて」の後には話す人の意向を表す文（「〜するつもり」など）や働きかけの文（「〜ましょう」など）は来ない。

🔗　動詞の辞書形／する動詞の名詞　＋につれて

🎁 Ⅱ・3 〜にしたがって【〜すると、だんだん】

①警察の調べが進むにしたがって、次々と新しい疑問点が出てきた。

②今後、通勤客が増えるにしたがって、バスの本数を増やしていこうと思っている。

③物価の上昇にしたがい、リサイクル運動への関心が高まってきた。

☞1 2「〜につれて」の☞1と☞2を参照。

☞2 「〜にしたがって」、4「〜に伴って」、5「〜とともに」は後の文に話す人の意向を表す表現が来ることもある。

🔗　動詞の辞書形／する動詞の名詞　＋にしたがって

🎁 Ⅱ・4 〜に伴って【〜すると、それと一緒にだんだん】

①彼は成長するに伴って、だんだん無口になってきた。

②問題解決の能力は、経験を重ねるに伴って、だんだんに身についてくる。

③病気の回復に伴って、少しずつ働く時間を伸ばしていくつもりだ。

④社会の情報化に伴い、特に重要性を増してきたのが数学的な考え方である。

 　　2「〜につれて」の☞1、☞2と3「〜にしたがって」の☞2を参照。

　　　　動詞の辞書形／名詞　＋に伴って

II・5　〜とともに【〜すると、それと一緒にだんだん】

①陽射しが強まり、気温が高くなるとともに次々と花が開き始める。

②この国では内戦の拡大とともに、人々の生活の安定は次第に失われていった。

③秋の深まりとともに今年も柿がおいしくなってきた。

 　　2「〜につれて」の☞1、☞2と3「〜にしたがって」の☞2を参照。

　　　　動詞の辞書形／名詞　＋とともに

練習　6　進行・相関関係

A　どちらの使い方が適切ですか。いい方の記号に○をつけなさい。

1　寒くなってきたので、
　　a　遅刻する学生がいる一方だ。
　　b　遅刻する学生が増える一方だ。

2　a　この頃、成績がよくなるばかりなので、わたしはうれしいです。

　　b　この頃、成績が悪くなるばかりなので、わたしは心配です。

3　a　A社との共同プロジェクトは順調に進行しつつあります。皆さん、ご期待ください。

　　b　食事の準備ができつつあるから、もうちょっと待ってね。

4　日本にいる期間が長くなればなるほど、
　　a　日本のことがわからなくなる。
　　b　日本のことがわからない。

5　寒くなるにつれて、
　　　　a　エアコンの温度設定をだんだん高くしよう。
　　　　b　ブーツの売り上げが伸びてきた。

6　女性の社会進出に伴って、
　　　　a　日本でも離婚が増えてきた。
　　　　b　日本でも離婚がある。

7　
　　a　学生数が増えるにしたがって、
　　b　学生数が増えるにつれて、
　　　　　　　　　　　　　　学生食堂のスペースを広げるつもりだ。

B　　□　の中の言葉を使って文を完成しなさい。一つの言葉は１回しか使えません。

┌─────────────────────────────────────┐
│　a　につれて　　　b　ほど　　　c　にしたがって　│
│　d　つつある　　　e　ばかり　　　f　一方　　　　│
└─────────────────────────────────────┘

　　わたしは今、大学院の２年生です。専攻は「コンピューターによる画像処理」です。どんな勉強をしているのか、家族に説明するのですが、みんな、難しくて聞けば聞く1＿＿＿＿＿わからなくなると言います。社会の情報化が進む2＿＿＿＿＿、重要性を増してきた分野で、いろいろな方面で注目され3＿＿＿＿＿んですよ。専攻を希望する学生も増える4＿＿＿＿＿で、教授も喜んでいらっしゃいます。教授は、卒業生が増える5＿＿＿＿＿、将来の就職先をどんどん新しく開拓するつもりだ、とおっしゃっています。わたしも実験が多くて、家へ帰る時間が遅くなる6＿＿＿＿＿ですが、充実した毎日です。

付帯・非付帯

附屬・非附屬

二つのことを一緒に、またはあることを伴わないで何かをすると言いたい時は、どんな言い方がありますか。

知っていますか

a ついでに　b つつ　c をこめて　d ぬきで　e ことなく

1　太郎は花子に心＿＿＿赤いバラの花を贈った。

2　一日にあったことを考え＿＿＿、夜、散歩するのが習慣になっている。

3　森氏は女性問題について特に深く考える＿＿＿、軽い気持ちで言ったのだ。

4　彼らはこの問題について、食事＿＿＿5時間も話し合っている。

5　出張でアメリカに行った＿＿＿、ボストンの美術館にも寄ってみた。

使えますか

1　a　神田まで行ったついでに、古本屋を2、3軒見て来た。

　　b　医者として病院に勤めるついでに、漫画家としても活躍している。

2　a　先生のお宅へ伺いつつ、ごあいさつをした。

　　b　彼は山道を登りつつ、人生について考えた。

3　a　さあ、硬いあいさつはぬきにして、大いに飲みましょう。

　　b　日曜日はぬきにして、わたしは毎日アルバイトをしている。

4　a　花子はいつもは砂糖を入れることなく、コーヒーを飲む。

　　b　花子は家族にも相談することなく、エジプトへの留学を決めた。

5　a　今日はおしゃべりぬきの静かな授業だった。

　　b　3千円というのは消費税ぬきの値段です。

答は次のページにあります。

付帯・非付帯 二つのことを一緒に、またはあることを伴わないで何かをすると言いたい時

2級	1級
1　〜ついでに	7　〜かたわら
2　〜つつ	8　〜がてら
3　〜をこめて	9　〜かたがた
4　〜ことなく	10　〜ながら・〜ながらに・
5　〜ぬきで・〜ぬきに・〜ぬきの	〜ながらの
6　〜をぬきにして・〜はぬきにして	11　〜なしに・〜ことなしに

 1　〜ついでに【〜する機会につけ加えて】

●「ものごとを行う機会をつかまえて、都合よく外のこともつけ加えて行う」と言いたい時の言い方。

①上野の美術館に行ったついでに、久しぶりに公園を散歩した。

②買い物のついでに、図書館に寄って本を借りてきた。

③パリの国際会議に出席するついでに、パリ大学の森先生をお訪ねしてみたい。

☞1　前の文は初めからの予定の行動で、後の文は予定以外の追加的な行動。

☞2　×帰宅のついでに、郵便局へ寄りましょう。

　　　「機会をとらえて」という意味であるから、習慣的な行為で誰でも必ずしなければならないようなことにはあまり使わない。

　　動詞の辞書形・〜た形／する動詞の名詞＋の　＋ついでに

 2　〜つつ【〜ながら】

①汽車に揺られつつ、2時間ほどいい気持ちでうとうと眠った。

②夜、仕事を終えて、ウイスキーを味わいつつ、気に入った推理小説を読むひととき

　1c　2b　3e　4d　5a　　　　1a　2b　3a　4b　5b

56

は最高である。

③「この問題については、社員の皆さんと話し合いつつ解決を図っていきたいと考えて

おります。」

 「～ながら」と似ているが、「～ながら」より硬い表現。

「～つつ、～する」の場合、「つつ」の後の動作が主なもの。

動詞の（ます）形　＋つつ　　　　　　　→18課3「～つつ・～つつも」

 # 3　～をこめて【～をもって】

①先生、ありがとうございました。私たちの感謝をこめてこの文集を作りました。
②昔の子どもたちは遠足の前の日などに「あした、天気になりますように」と願いを
こめて、てるてるぼうずという小さい人形を作り、窓の外につるした。
③あなたに、愛をこめてこの指輪を贈ります。

他例　　心をこめて、祈りをこめて、願いをこめて、恨みをこめて、力をこめて

 # 4　～ことなく【～しないで】

●「ふつうは～する、または～してしまうが、この場合は～しないで」という意味。

①敵に知られることなく、島に上陸するのは難しい。
②犯人は周囲の人々に怪しまれることなく、その家族に近づくことができた。
③彼は先生にも友達にも相談することなく、帰国してしまった。

 日常的なこと、たとえば下のようなものにはあまり使わない。

　・うっかりして、切手をはることなくポストに入れてしまった。

動詞の辞書形　＋ことなく　　　　　　　→25課Ⅰ・6「～ことなく」

 # 5　～ぬきで・～ぬきに・～ぬきの【～を入れないで】

●「ふつうは含まれるもの、本来当然あるべきものを加えずに」と言いたい時。

①「今晩の会はアルコールぬきのパーティーなんですよ。」

　「えっ、お酒なし？　アルコールぬきじゃつまらないね。」
②田中君の就職について、本人ぬきにいくら話し合っても意味がない。

③あのレストランの昼食は、税金・サービス料ぬきで２千円です。

☞　「名詞＋ぬき」で名詞のように使う。

◎◎◎　名詞　＋ぬきで

6　～をぬきにして・～はぬきにして【～を入れないで】

●「ふつうは含まれるもの、当然あるものを加えずに」と言いたい時の表現。

①交通機関についての問題は乗客の安全をぬきにして論じることはできない。
②「今日は硬い話はぬきにして、気楽に楽しく飲みましょう。」
③政治の問題はぬきにして、とにかく集まろうということだった。
④「冗談はぬきにして、もっとまじめに考えてくださいよ。」

→20課５「～をぬきにしては」

7　～かたわら【～一方で、別に】

●「あることをする一方で、並行して別のこともしている」と言う時の表現。

①川田さんは銀行員として勤めるかたわら、作曲家としても活躍している。
②市川氏は役所で働くかたわら、ボランティアとして外国人に日本語を教えている。
③あの人は大学院での勉強のかたわら、作家活動もしているそうです。

☞１　「～かたわら」は「～ながら」に比べ、長い期間続いていることに使う。
　　　職業や立場などを両立させている場合によく使われる。
☞２　「～かたわら」の「～」には、その人が本来していることが来る。
◎◎◎　動詞の辞書形／する動詞の名詞＋の　＋かたわら

8　～がてら【～する時はそれにつけ加えて】

●「一つのことをする時に、つけ加えて外のこともする」と言う時の言い方。

①「散歩がてら、ちょっと郵便局まで行ってきます。」
②買い物がてら、新宿へ行って展覧会ものぞいて来よう。
③駅まで30分ほどかかるが、天気のいい日は運動がてら歩くことにしている。
④桜が満開だから、少し遠回りして駅まで歩きがてらお花見をして行こう。

☞　「〜がてら」は一つの行為が二つの目的をもつ。後には、歩く、行くなど移動
　　に関係のある動詞がよく使われる。

◯◯◯　動詞の（ます）形／する動詞の名詞　＋がてら

9　〜かたがた【〜と同時に／〜する機会に／〜の機会を利用して】

●「二つの目的をもたせて、あることをする」と言う時の表現。

①最近ご無沙汰をしているので、卒業のあいさつかたがた保証人のうちを訪ねた。
②ご無沙汰のお詫びかたがた、近況報告に先生をお訪ねした。
③彼がけがをしたということを聞いたので、お見舞いかたがた、彼のうちを訪ねた。

☞　一つの行為に二つの目的をもたせる言い方。あらたまった場面やビジネス的な
　　人間関係の場面でよく使われる。後には、訪問する、上京するなど移動に関
　　係のある動詞がよく使われる。

他例　お祝いかたがた、お礼かたがた、ご報告かたがた

◯◯◯　する動詞の名詞　＋かたがた

10　〜ながら・〜ながらに・〜ながらの【〜のままの状態で】

①戦火を逃れてきた人々は涙ながらにそれぞれの恐ろしい体験を語った。
②彼には生まれながら備わっている品格があった。
③10年ぶりに昔ながらの校舎や校庭を見て懐かしかった。

☞　慣用的な表現が多い。涙ながらに（涙を流して）、生まれながら（生まれつ
　　き）、昔ながらの（昔のままの）など。

◯◯◯　名詞　＋ながら　　　　　　→18課1「〜ながら」、18課11「〜ながらも」

11　〜なしに・〜ことなしに【〜しないで】

●「ふつうは〜する、または〜してしまうが、この場合は〜しないで」という意味。

①断りなしに人の部屋に入るな。
②彼女の話は涙なしには聞けない。
③血を流すことなしに、国を守ることができるのか。
④なんとか母に気づかれることなしに、家を出ることができた。

動詞の辞書形　＋こと　　名詞　＋なしに

→25課Ⅰ・7「～なしに・～ことなしに」

練習

7　付帯・非付帯

A　◻️の中から最も適当な言葉を選んで、その記号を_____の上に書きなさい。一つの言葉は1回しか使えません。

a　かたがた	b　なしに	c　ついでに	d　はぬきにして	e　つつ
f　ことなく	g　がてら	h　ながらに	i　をこめて	j　かたわら

1　太郎、買い物に行く_____、この手紙をポストに入れて来てくれないか。

2　きのう散歩_____、月1回のフリーマーケットを見て来た。

3　中国残留孤児であった林さんは、涙_____苦しかった日々について語った。

4　堅苦しいあいさつ_____、すぐに食事にしましょう。

5　就職のご報告_____、先生のお宅に新年のごあいさつに行った。

6　母は子どもたち3人のために、毎朝、心_____弁当を作ってくれたものだ。

7　田中さんは大学で教える_____、小説を書いている。

8　断り_____、この部屋のものを使っては困ります。

9　講義を聞き_____、いつしか寝てしまい、目が覚めたら教室に誰もいなかった。

10　どんなに非難されても、彼はひとことの弁解もする_____黙って去って行った。

B　◻️の中から適当な語を選んで、次の文の下線の言葉を言い換えなさい。記号で答えなさい。

a　なしに	b　ぬきで	c　ついでに	d　かたわら	e　つつ

1 上京する機会を利用して、上野公園の近くに住む叔母を訪ねてみよう。

（　　　）

2 太郎は親にも教師にも相談しないで、進路を決めてしまった。

（　　　）

3 一つのプロジェクトを進めながら、別の新しいプロジェクトを始めるのは大変だ。

（　　　）

4 給料は、保険料や税金を入れないで、約25万円です。

（　　　）

5 大川さんは高校に勤める一方で、別に塾で英語講師をしている。

（　　　）

8
限定　　　　　　　　　限定

状況や条件を限りたい時は、どんな言い方がありますか。

知っていますか

a　に限り　b　に限って　c　かぎり　d　かぎりでは　e　に限らず

1　わたしはクラシック音楽_____、音楽なら何でも好きです。
2　あの人がそばにいてくれる_____、わたしは安心していられる。
3　名簿で調べた_____、そういう名前の人はこの学校にはいません。
4　65歳以上の人_____、入場料は無料です。
5　うちの子_____、そんな悪いことをするはずがない。。

使えますか

1　わたしは
　　a　とうふだけは好きになれない。
　　b　とうふに限って好きになれない。

2　a　わたしが疲れている時に限って
　　b　わたしが疲れているかぎりでは
　　部長に仕事を頼まれる。

3　あの人に限って、
　　a　いつもわたしに親切だ。
　　b　そんなばかなことはしないと思う。

4　a　日本に着いた限り、
　　b　日本にいる限り、
　　節約を心がけなければならない。

5　わたしが知るかぎりでは、
　　a　そんな町に行きたい。
　　b　そんな町はこの地方にはない。

答は次のページにあります。

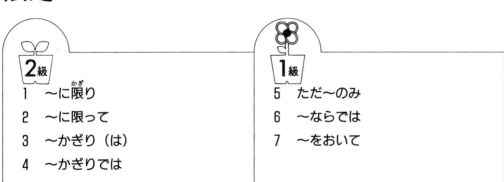

限定　状況や条件を限りたい時

2級
1　〜に限り
2　〜に限って
3　〜かぎり（は）
4　〜かぎりでは

1級
5　ただ〜のみ
6　〜ならでは
7　〜をおいて

1　〜に限り【〜だけは】

● 「〜だけ特別に〜する」と言いたい時。

①この券をご持参のお客さまに限り、200円割り引きいたします。

②電話取りつぎは8時まで。ただし、急を要する場合に限り、11時まで受け付ける。

③朝9時までにご来店の方に限り、コーヒーのサービスがあります。

　　　　　名詞　＋に限り　　　　　　　　　　→9課Ⅰ・3「〜に限らず」

2　〜に限って【〜の場合だけは】

● 「〜の時だけ、〜だけは特に」と言いたい時。

①自信があると言う人に限って、あまりよくできていないようだ。

②ハイキングに行こうという日に限って雨が降る。わたしはいつも運が悪いなあ。

③あの先生に限ってそんな叱り方はしないと思う。

④あの人に限ってみんなを裏切るなんてことはしないだろうと思っていたのに……。

☞1　「特別にその場合だけ好ましくない状況になって不満だ」と言いたい時に使う。（①②の例）

☞2　信頼や特別な期待をもって話題にし、「その人だけは好ましくないことはしないはずだ」と推量する時に使う。（③④の例）

　　1e　2c　3d　4a　5b　　　　　　　1a　2a　3b　4b　5b

名詞　＋に限って

3　〜かぎり（は）【〜の状態が続く間は】

①体が丈夫なかぎり、思いきり社会活動をしたいものだ。

②日本がこの憲法を守っているかぎりは、平和が維持されると考えていいだろうか。

③小川氏がこの学校の校長でいるかぎり、校則は変えられないだろう。

④「わたしの目の黒いかぎり、おまえに勝手なことはさせないぞ。」

☞　「〜」にはその時の状態を表す言葉、後にも時間的に幅のある表現が来る。

　連体修飾型（肯定形だけ）　＋かぎり（は）→3課7「〜かぎり・〜かぎりの」

4　〜かぎりでは【〜の範囲のことに限れば】
●ある判断をするための材料の範囲を限定する。

①この売り上げ状況のグラフを見るかぎりでは、わが社の製品の売れ行きは順調だ。

②ちょっと話したかぎりでは、彼はいつもとまったく変わらないように思えた。

③今回の調査のかぎりでは、この問題に関する外国の資料はあまりないようだ。

　動詞の辞書形・〜た形／名詞＋の　＋かぎりでは

5　ただ〜のみ【ただ〜だけ】

①マラソン当日の天気、選手にとってはただそれのみが心配だ。

②この問題は先進諸国ではすでに解決済みで、ただ日本のみが大幅に立ち遅れていたのだ。

③ただ厳しいのみではいい教育とは言えない。

④今はもう過去を振り返るな。ただ前進あるのみ。

→9課Ⅰ・5「ただ〜のみならず」

6　〜ならでは【〜でなければ〜ない】
●「〜以外では不可能だ、ただ〜だけができる」と感心する言い方。

①この絵には子どもならでは表せない無邪気さがある。
②この祭りは京都ならではの光景です。
③これは芸術的才能のある山本さんならではの作品だと思います。

☞　　「～ならでは<u>の</u>」の「<u>の</u>」は、見られない、できない、などの動詞の代わり。

◯◯◯　名詞　＋ならでは

7　～をおいて【～以外に】

● 「～以外に外にない」と言いたい時。

①この仕事をやれる人はあなたをおいて外にいないと思います。
②こんないやなことを引き受ける人は彼をおいて誰もいない。
③海洋学を勉強するなら、入るべき大学はあの大学をおいて外にない。

☞　　「～をおいて～ない」の形で使う。
　　　「それと比較できるものは外にない」と高く評価する時に使うことが多い。

◯◯◯　名詞　＋をおいて

練習　8　限定

A　□□の中の言葉を使って、次の文を完成しなさい。一つの言葉はⅠ、Ⅱそれぞれに
　　1回ずつしか使えません。

> a　に限り　　b　に限って　　c　かぎりでは　　d　のみ
> e　かぎりは　　f　ならでは　　g　をおいて

Ⅰ　　わたしの知る1＿＿＿＿、ヤンさんはとても芸術的才能がある人だ。今度の個展で
　　も、ヤンさん2＿＿＿＿の作品を見せてくれると信じている。この個展では先着30
　　名3＿＿＿、彼がかいた色紙をもらえることになっているから、友人にもすすめて

みようと思っている。

　　ヤンさんはわたしの後輩だから、わたしが日本にいる4＿＿＿＿＿ヤンさんのお世話をしたいと思っているが、彼はなぜかわたしがお金がない時5＿＿＿＿＿、お金を借りに来る。しかし、将来わたしの画廊を発展させてくれる人は、彼6＿＿＿＿＿外にないと思っているので、わたしは彼との交際を大切にしたい。

　　ヤンさんは今、ただ前進ある7＿＿＿＿＿だ。将来が楽しみな青年である。

II　　わたしが調べた1＿＿＿＿＿、わが国でこういう手術ができる人は森先生2＿＿＿＿＿外にいない。ただ森先生3＿＿＿＿＿がこの難しい手術ができるのだ。あきらめていた人に希望を与える手術は、腕がよくて心がやさしい森先生4＿＿＿＿＿のものだ。

　　先生の手術は週に1回だけだが、急を要する場合5＿＿＿＿＿、すぐに手術を始めることになっている。それで、先生はいつも緊張している。夕食後の数時間だけが先生のリラックスタイムなのだが、そんな時6＿＿＿＿＿、急に患者さんが来る。森先生がわたしたちの病院にいる7＿＿＿＿＿、わたしたちスタッフものんびりしてはいられない。

B　　□の中から最も適当な言葉を選んで、その記号を＿＿＿＿＿の上に書きなさい。一つの言葉は1回しか使えません。

```
a　ノーベル賞をもらったO氏
b　最後までがんばった人
c　医学を勉強したことのあるK氏
d　70歳以上の人
e　早く答案を出す人
```

1　＿＿＿＿＿に限ってあまりよくできていないようだ。

2　ただ＿＿＿＿＿のみが栄冠を手にするのだ。

3　このテーマについて講演をする適任者は＿＿＿＿＿をおいてほかにいない。

4　＿＿＿＿＿に限り、第一診察室で健康診断を受けることができます。

5　この小説は＿＿＿＿＿ならではの作品ですね。病気の症状の描写が実にうまい。

9 非限定・付加

非限定・附加

それだけに限らない、外にもあると言いたい時や、それもあるし、その上、外にもあると言いたい時は、どんな言い方がありますか。

知っていますか

a はもとより　b ばかりか　c はもちろん　d に限らず　e に加えて

1 正子さんは性格が明るい＿＿＿＿＿、人にとてもやさしいので人気がある。
2 東京＿＿＿＿＿どこの大都市でもゴミ問題が深刻になっている。
3 授業に出席すること＿＿＿＿＿、レポートをきちんと提出することも大切だ。
4 「今回のプロジェクトでは、スタッフ＿＿＿＿＿、各方面からのご協力が得られたことを感謝しております。」
5 今、書いている報告書＿＿＿＿＿次の仕事の計画書も書かなければならないことになった。

使えますか

1 a このレストランは味がいいうえに、安いので、いつも込んでいる。
 b 食事を作ったうえに、部屋のそうじもしなさいよ。

2 この服は色がいいのみならず、{ a デザインも新しい。
 b わたしが一番好きな服だ。

3 このバンドは若者に限らず、{ a うちの母も好きだ。
 b 広い年齢層の人たちにも人気がある。

4 a 小川さんは専門の経済問題ばかりか、法律についても詳しい。
 b 専門の経済問題ばかりか、法律も少し勉強しなさい。

5 手術の後は、{ a おかゆはもちろん、ふつうのごはんも食べられない。
 b ふつうのごはんはもちろん、おかゆも食べられない。

答は次のページにあります。

I 非限定 それだけに限らない、外にもあると言いたい時

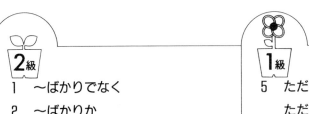

2級		1級	
1	～ばかりでなく	5	ただ～だけでなく・
2	～ばかりか		ただ～のみならず・
3	～に限らず		ひとり～だけでなく・
4	～のみならず		ひとり～のみならず
		6	～にとどまらず

 I・1　～ばかりでなく【～だけでなく】

●「～だけでなく、範囲はもっと大きく外にも及ぶ」と言いたい時に使う。

①わたしたちは日本語ばかりでなく、英語や数学の授業も受けています。

②「今日は頭が痛いばかりでなく、吐き気もするし、少々熱もあるんです。」

③テレビの見過ぎは子どもの目を弱めるばかりでなく、自分で考える力を失わせると言われている。

④あの人は有名な学者であるばかりでなく、環境問題の活動家でもある。

⑤会議では森さんの仕事上のミスについてばかりでなく、彼の私生活の話まで出た。

　　名詞／連体修飾型（「名詞＋の」の形はない）　＋ばかりでなく

 I・2　～ばかりか【～だけでなく】

●「～だけでなく、その上にもっと程度の重いことがらも加わる」という意味。

①いくら薬を飲んでも、かぜが治らないばかりか、もっと悪くなってきました。

②この頃彼は遅刻が多いばかりか、授業中にいねむりすることさえあります。

③彼は仕事や財産ばかりか、家族まで捨てて家を出てしまった。

④あの人は仕事に熱心であるばかりか、地域活動も積極的にしている。

---

　1 b　2 d　3 c　4 a　5 e　　　　1 a　2 a　3 b　4 a　5 b

×自分のことばかりか、他人のことも考えられる人間になりなさい。

　　　　　　×試験の前日ばかりか、ふだんもしっかり勉強しろ。

　　　　「～ばかりか」の後には、命令、強制の文が来ることはほとんどない。

　　　　　　○自分のことばかりでなく、他人のことも考えられる人間になりなさい。

　　　　　　○試験の前日ばかりでなく、ふだんもしっかり勉強しろ。

　　　　　1「～ばかりでなく」と同じ。

 Ⅰ・3　～に限らず【～だけでなく】

●「～だけでなく、～が属するグループの中の全部に当てはまる」と言いたい時。

①日曜日に限らず、休みの日はいつでも、家族と運動をしに出かけます。

②男性に限らず女性も、新しい職業分野の可能性を広げようとしている。

③この家に限らず、このあたりの家はみんな庭の手入れがいい。

　　　　名詞　＋に限らず　　　　　　　　　　　　　→8課1「～に限り」

Ⅰ・4　～のみならず【～だけでなく】

●「～だけでなく、範囲はもっと大きく外にも及ぶ」と言いたい時に使う。

①山川さんは出張先でトラブルを起こしたのみならず、部長への報告も怠った。

②私立大学のみならず国立大学でも学費の値上げは避けられないようだ。

③この不景気では、中小企業のみならず大企業でも経費を削る必要がある。

　　　　名詞／普通形型（な形容詞と名詞は「である型」）　＋のみならず

 Ⅰ・5　ただ～だけでなく・ただ～のみならず ・ひとり～だけでなく・

　　　　ひとり～のみならず【～だけでなく】

●「～だけでなく、範囲はもっと大きく外にも及ぶ」と言いたい時に使う。

①ただ東京都民だけでなく、全国民が今度の知事選に関心をもっている。

②会社の業績改善は、ただ営業部門のみならず、社員全体の努力にかかっている。

③今回の水不足はひとりA県だけでなく、わが国全体の問題である。

④学校の「いじめ」の問題は、ひとり当事者のみならず家庭や学校全体で解決していか

なければならない。

☞　日常会話の中では、「～だけでなく」、1「～ばかりでなく」、3「～に限らず」などを使う。「ひとり～のみならず」は特に書き言葉的。

→8課5「ただ～のみ」

Ⅰ・6　～にとどまらず【～だけでなく】

●「あることがらが、～という狭い範囲を越えて、より広い範囲に及ぶ」と言う時。

①彼のテニスは単なる趣味にとどまらず、今やプロ級の腕前です。
②田中教授の話は専門の話題だけにとどまらず、いろいろな分野にわたるので、いつもとても刺激的だ。
③学歴重視は子どもの生活から子どもらしさを奪うにとどまらず、社会全体を歪めるに至っている。

☞　「(ある話題)は、～にとどまらず、～だ」の形で使う。
◎◎　名詞／普通形型（な形容詞と名詞は「である型」）　＋にとどまらず

Ⅱ付加　それもあるし、その上、外にもあると言いたい時

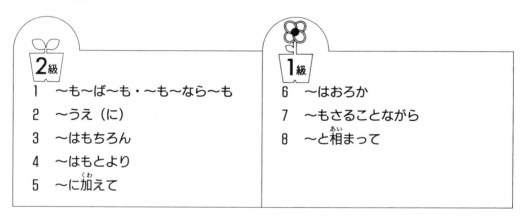

2級	1級
1　～も～ば～も・～も～なら～も	6　～はおろか
2　～うえ（に）	7　～もさることながら
3　～はもちろん	8　～と相まって
4　～はもとより	
5　～に加えて	

Ⅱ・1　～も～ば～も・～も～なら～も【～も～し～も】

●前のことがらと同じ方向のことがらを加える（プラスとプラス、マイナスとマイナス）。何かを言いたい時の理由として提出される場合が多い。

①きのうの試験は問題も難しければ量も多かったので、苦労しました。

②あしたは数学の試験もあればレポートも提出しなければならないので、今晩は寝られそうもない。

③あのメーカーの製品は値段も手頃なら、アフターケアもきちんとしているので、人気がある。

④今度の仕事は予算も不足なら、スタッフも足りないので、成功は望めそうもない。

 同類のものや対立するものを並べて、両方あるという意味の言い方もある。
・りんごにはいろいろな種類がある。赤いのもあれば、黄色いのもある。
・楽もあれば苦もあるのが人生というものだ。

 II・2　〜うえ（に）【〜。それに】

●前のことがらと同じ方向のことがら（プラスとプラス、マイナスとマイナス）を「それに」という気持ちで加える。

①ゆうべは道に迷ったうえ、雨にも降られて大変でした。
②この機械は操作が簡単なうえに、小型で使いやすい。
③彼の話は長いうえに、要点がはっきりしないから、聞いている人は疲れる。

 後に、命令、禁止、依頼、勧誘などの相手への働きかけの文は来ない。
連体修飾型　＋うえ（に）

 II・3　〜はもちろん【〜は当然として】

●「〜は当然として、言うまでもないことだが」という意味。

①復習はもちろん予習もしなければなりません。
②浅草という町は日曜、祭日はもちろん、ウィークデーもにぎやかだ。
③大都市ではもちろん、地方の小さな農村でも情報がすばやくキャッチできるようになってきた。
④山下さんは勉強についてはもちろんのこと、私生活の問題まで何でも相談できる先輩だ。

II・4　〜はもとより【〜は当然として】

●「〜は当然として、後のことがらも加わる」という意味。

①体の弱いぼくが無事に学校を卒業できたのも両親はもとより、いろいろな方々の援助があったからです。

②数学は、自然科学や社会科学はもとよりどんな方面に進む人にとっても重要だ。

③アジアでは、日本はもとより、多くの国がこの大会の成果に期待している。

☞　　「～はもとより」は、3「～はもちろん」より書き言葉的な言い方。

II・5　～に加えて

● 「今まであったものに類似の別のものが加わる」と言いたい時に使う。

①台風が近づくにつれ、大雨に加えて風も強くなってきた。

②今学期から日本語の授業に加えて、英語と数学の授業も始まります。

③今年から家のローンに加えて、子どもの学費を払わなければならないので、大変だ。

◯◯◯　　名詞　＋に加えて

II・6　～はおろか【～は当然として】

● 「～は当然として、後のことがらも」という意味。

①わたしのうちにはビデオはおろかテレビもない。

②今度の天災のために、家財はおろか家まで失ってしまった。

③この地球上には、電気、ガスはおろか、水道さえない生活をしている人々がまだまだたくさんいる。

④木村さんは会計学についてはおろか、法律一般の知識もないらしい。

☞ 1　「も、さえ、まで」などの強調の語と一緒に使って、話す人の驚きや不満の気持ちを表す。

☞ 2　相手への働きかけ（命令、禁止、依頼、勧誘など）の文には使わない。

II・7　～もさることながら【～も無視できないが】

● 「～も無視できないが、後のことがらも」と言いたい時に使う。

①子どもの心を傷つける要因として、「いじめ」の問題もさることながら、不安定な社

会そのものの影響も無視できない。

②あの作家の作品は、若い頃の作品<u>もさることながら</u>、老年期に入ってからのものも実

にすばらしい。

③最近は、世界の政治や宗教の問題<u>もさることながら</u>、人権問題も多くの人の注目を

集めている。

II・8　〜と相まって【〜と影響し合って】　

●「あることがらに、〜という別のことがらが加わって、よりいっそうの効果を生む」
という意味。

①彼の才能は人一倍の努力<u>と相まって</u>、みごとに花を咲かせた。

②彼の厳しい性格は、社会的に受け入れられなかった不満<u>と相まって</u>、ますますその度
を増していった。

③日本の山の多い地形が、島国という環境<u>と相まって</u>、日本人の性格を形成しているの
かもしれない。

名詞　＋と相まって

練習

9　非限定・付加

A　どちらの使い方が適切ですか。いい方に○をつけなさい。

1　最近の若者は女性 { a はもとより、 b と相まって、 } 男性もファッションに興味をもっているよ

うです。

2　テレビゲームのし過ぎは子どもの視力を弱める { a もさることながら、 b にとどまらず、 } 子ども

の基礎体力まで低下させているということだ。

3 「このりんご、おいしい！　あまい　{ a　のみならず、 } 酸味もちょうどいいわ。」
　　　　　　　　　　　　　　　　　{ b　だけでなく、 }

4 今年は家の新築　{ a　に加えて } 姉の結婚式もあるので忙しくなりそうだ。
　　　　　　　　　{ b　に限らず、 }

B　次の文を完成させるものとして、どちらが適切ですか。○をつけなさい。

1 この本は内容が難しいうえに、　{ a　字が大きいので案外読みやすい。
　　　　　　　　　　　　　　　　{ b　翻訳がよくないので読みにくい。

2 復習ばかりか、　{ a　予習もしなければならないので毎日忙しい。
　　　　　　　　　{ b　予習もしなさい。

3 「このかばん、いいでしょう。　{ a　ひとり値段だけでなく、便利さも気に入っているのよ。」
　　　　　　　　　　　　　　　　{ b　値段はもちろん便利さも気に入っているのよ。」

4 うちの子は親の手伝いはおろか、　{ a　自分の部屋のそうじもするんです。
　　　　　　　　　　　　　　　　　{ b　自分の部屋のそうじもしないんです。

5 この電車は昼の時間帯はもとより、　{ a　ラッシュアワーの間もそんなに込まない。
　　　　　　　　　　　　　　　　　　{ b　ラッシュアワーの間も込む。

C　□□の中の言葉を使って文を完成しなさい。一つの言葉は1回しか使えません。

```
a　もとより　　b　相まって　　c　とどまらず

d　さることながら　　e　のみならず　　f　限らず
```

　最近のサッカーの人気はすごい。古くからのファンは__1_____、ふつうのスポーツファンの人気も集めている。特に人気のあるチームの試合となると、ファンの熱狂はただのスポーツの試合の応援に__2_____、まるでお祭り騒ぎだ。サッカーがこのように盛んになったのは、ファンの熱心な応援も__3_____、地元に根をおろしたプロのチームを作ろうという関係者の努力が実を結んだのだろう。

　先月のサッカー大会でも、主催者の組織力が、晴天続きという好条件と__4_____大会に大成功をもたらした。しかし、関係者も選手もこの人気に安心していてはいけない。サッカーに__5_____プロのスポーツというものは、ファンがいるからこそのものである。

これからも選手たちにおもしろく、見る者に感動を与えるような試合を見せてほしいというのが、ひとり熱狂的なファン6＿＿＿＿一般のサッカーファンの願いだろう。

10 比較・最上級・対比

比較（ひかく）・最上級（さいじょうきゅう）・対比（たいひ）

二つ以上のものを比（くら）べたり、あるものが一番（いちばん）だと言ったり、二つ以上のものを対立（たいりつ）させて考えたりしたい時は、どんな言い方がありますか。

知っていますか

a どころか　b に限（かぎ）る　c に反（はん）して　d 一方（いっぽう）で　e かわりに

1　疲（つか）れた時は、温（あたた）かいおふろに入って寝（ね）る_____。

2　今日は雨が降（ふ）っていたので、いつもの散歩（さんぽ）の_____、部屋（へや）でダンベル体操（たいそう）をした。

3　今年の夏は冷夏（れいか）という予報（よほう）だったが、冷夏_____記録的（きろくてき）な暑（あつ）い夏になってしまった。

4　父は弟を医者にしたかったらしいが、弟はその期待（きたい）_____スポーツの世界に入ってしまった。

5　田村課長（たむらかちょう）は仕事には厳（きび）しかった_____、部下（ぶか）の面倒（めんどう）はよく見た。

使えますか

1　今度の旅行に行こうか行くまいか、
　　a 早（はや）く決（き）めてください。
　　b 迷（まよ）っています。

2　会社勤（づと）めは時間にしばられる反面（はんめん）、
　　a 生活（せいかつ）の安定（あんてい）というよさがある。
　　b 自由業（じゆうぎょう）には自由（じゆう）がある。

3　駅員「横浜（よこはま）へ行くには一番線の特急（とっきゅう）に
　　a 乗（の）るに限ります。」
　　b 乗るのが一番早いです。」

4　東京に対（たい）して
　　a 京都（きょうと）の方がもっと古い町だ。
　　b 京都は高層（こうそう）ビルが少ない。

5　妹に比（くら）べて
　　a 姉は留学（りゅうがく）したことがある。
　　b 姉は英語（えいご）が得意（とくい）だ。

答（こた）は次（つぎ）のページにあります。

Ⅰ　比較・最上級　二つ以上のものを比べたり、あるものが一番だと言ったりしたい時

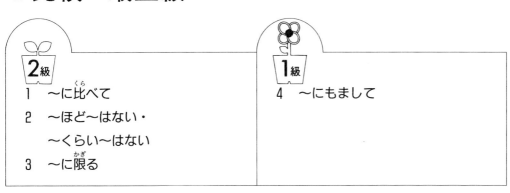

2級

1　〜に比べて

2　〜ほど〜はない・
　　〜くらい〜はない

3　〜に限る

1級

4　〜にもまして

 ## Ⅰ・1　〜に比べて

●二つ以上のものを並べて、ある点について比較する。

①本が好きな兄に比べて、弟は活動的で、スポーツが得意だ。

②今年は昨年に比べて、米の出来がいいようだ。

③女性は男性に比べ、平均寿命が長い。

　　　名詞　＋に比べて

 ## Ⅰ・2　〜ほど〜はない・〜くらい〜はない【〜は最高に〜だ】

●話す人が主観的に「〜は最高に〜だ」と感じ、強調して言う時に使う。

①「暑いねえ。」

　「まったく今年の夏ほど暑い夏はないね。」

②彼ぐらいわがままなやつはいない。

③困っている時、思いやりのある友人の言葉ほどうれしいものはない。

④夕食後、好きな音楽を聴きながら、本を読むくらい楽しいことはない。

　　　×富士山ほど高い山はない。
　　　客観的な事実については使わない。

　1b　2e　3a　4c　5d　　　　　1b　2a　3b　4b　5b

〇富士山は日本で一番高い山だ。

◎◎◎　名詞／連体修飾型　＋ほど（くらい）〜はない

I・3　〜に限る【〜が一番いい】

●話す人が主観的に「〜が一番いい」と思って、そう主張する時に使う。

①一日の仕事を終えた後は、冷えたビールに限ります。

②自分が悪いと思ったら、素直に謝ってしまうに限る。

③子どもの育て方で問題を抱えている時は、育児書に頼ったり一人で悩んだりしていないで、とにかく経験者の意見を聞いてみるに限る。

④太りたくなければ、とにかくカロリーの高いものを食べないに限る。

☞　　　×医者「この病気を治すには、手術に限りますよ。」
客観的な判断を言う時は使わない。

◎◎◎　動詞の辞書形・〜ない形／名詞　＋に限る

I・4　〜にもまして【〜以上に】

●「〜も〜だが、それ以上に〜だ」と言いたい時に使う。

①私自身の結婚問題にもまして気がかりなのは姉の離婚問題です。

②ゴミ問題は何にもまして急を要する問題だ。

③きのう友達が結婚するという手紙が来たが、それにもましてうれしかったのは彼女の病気がすっかり治ったということだった。

共起　　疑問詞＋にもまして

◎◎◎　名詞　＋にもまして

II 対比 <small>たい ひ</small>　二つ以上のものを対立させて考える時<small>たいりつ</small>

2級
1　〜う（よう）か〜まいか
2　〜どころか
3　〜一方（で）<small>いっぽう</small>
4　〜に対して<small>たい</small>
5　〜に反して・〜に反する・<small>はん</small><small>はん</small>
〜に反した<small>はん</small>
6　〜反面・〜半面<small>はんめん</small><small>はんめん</small>
7　〜というより
8　〜かわりに
9　〜にかわって

1級
10　〜ないまでも
11　〜にひきかえ

II・1　〜う（よう）か〜まいか【〜をしようか、するのはやめようか】

●どちらがいいかと迷ったり、考えたりする時に使う。<small>まよ</small>

①朝出かけるとき、かさを持って行こう<u>うか</u>行く<u>まいか</u>と迷うのはいつものことだ。

②九月に大切な試験があるので、夏休みに国へ帰ろう<u>うか</u>帰る<u>まいか</u>、考えています。

③知事は博覧会の開催を中止しよう<u>うか</u>する<u>まいか</u>、最後の決断を迫られていた。<small>ちじ</small><small>はくらんかい</small><small>かいさい</small><small>ちゅうし</small><small>さいご</small><small>けつだん</small><small>せま</small>

　　　動詞の辞書形（動詞II・IIIは「（ない）形＋まいか」もある。「する」は「すま<small>どうし</small><small>じしょけい</small>
　　　い」もある）＋まいか　　　　　　　　　　　→21課8「〜う（よう）が〜まいが」<small>か</small>

II・2　〜どころか　A【〜はもちろん、もっと程度の重い（軽い）〜も】<small>てい ど</small><small>おも</small><small>かる</small>

①この製品はアジア諸国<u>どころか</u>遠い南米やアフリカにまで輸出されている。<small>せいひん</small><small>しょこく</small><small>とお</small><small>なんべい</small><small>ゆしゅつ</small>

②うちの父はお酒はまったくだめで、ウイスキー<u>どころか</u>ビールも飲めない。<small>さけ</small>

③隣の部屋に住む人は出会っても話をする<u>どころか</u>、あいさつもしない。<small>となり</small><small>へ や</small>

〜どころか　B【〜なんてとんでもない、事実は〜だ】<small>じじつ</small>

●「～を完全に否定して、事実はその正反対だ」と言いたい時に使う。

①タクシーで行ったら道が込んでいて、早く着く<u>どころか</u>かえって30分も遅刻してしまった。

②休日に子ども連れで遊園地に出かけるのは、楽しい<u>どころか</u>苦しみ半分だ。

③「先日お貸しした本、どうでしたか。退屈だったんじゃありませんか。」
「退屈<u>どころか</u>寝るのも忘れて読んでしまいましたよ。」

☞　「～どころか」は「～どころではなく」の言い方もある。
◎◎◎　名詞／連体修飾型（「名詞＋の」の形はない）　＋どころか

II・3　～一方（で）

●あることがらについて二つの面を対比して示す。

①いい親は厳しく叱る<u>一方で</u>、ほめることも忘れない。

②一人暮らしは寂しさを感じることが多い<u>一方</u>、気楽だというよさもある。

③この出版社は大衆向けの雑誌を発行する<u>一方で</u>、研究書も多く出版している。

④わたしの家では兄が父の会社を手伝う<u>一方</u>、姉がうちで母の店を手伝っている。

◎◎◎　連体修飾型　＋一方（で）

II・4　～に対して

●あることがらについて二つの状況を対比するときに使う。

①日本人の平均寿命は、男性78歳（であるの）<u>に対して</u>、女性83歳です。

②日本海側では、冬、雪が多いの<u>に対して</u>、太平洋側では晴れの日が続く。

③日本では大学に入ること<u>に対して</u>出ることはそんなに難しくないと言われている。

◎◎◎　名詞／連体修飾型（名詞は「である型」。「名詞＋な」の形もある）＋の　＋に対して

II・5　～に反して・～に反する・～に反した【～に逆らって／～とは反対に】

①予想<u>に反して</u>試験はとてもやさしかったです。

②親の期待<u>に反し</u>、結局、彼は大学さえ卒業しなかった。

③今回の選挙は、多くの人の予想に<u>反する</u>結果に終わった。

☞　「～」には、予想、期待、命令、意図などの言葉が来ることが多い。

⊙⊙⊙　名詞　＋に反して

II・6　～反面・～半面【一面では～と考えられるが、別の面から見ると】

●あることがらについて二つの反対の傾向や性質を言う時の言い方。

①彼女はいつもは明るい<u>反面</u>、寂しがりやでもあります。

②郊外に住むのは、通勤には不便な<u>半面</u>、身近に自然があるというよさもある。

③科学の発達は人間の生活を便利で豊かにする<u>反面</u>、環境を汚し、素朴な人間らしさ

　を失わせることになるのではないか。

⊙⊙⊙　連体修飾型　＋反面

II・7　～というより

●あることについて評価するとき、「～と言うより、（言葉を変えて）～と言った方が当

　たっている」と言いたい時に使う。

①コンピューターゲームは子どものおもちゃ<u>というより</u>、今や大人向けの一大産業プ

　ロダクトとなっている。

②「この辺はにぎやかですね。」

　　「にぎやか<u>というより</u>、人通りや車の音でうるさいくらいなんです。」

③子ども「選挙で投票するというのは、国民の義務なんでしょう。」

　父親　　「義務<u>というより</u>むしろ権利なんだよ。」

④「やはり田中さんにあいさつに行った方がいいでしょうか。」

　　「<u>というより</u>、行かなければならないでしょうね。」

II・8　～かわりに　A【～しないで／～するのではなく】

●「ふつう、することをしないで別のことをする」という意味。

①雨が降ったのでテニスの練習をする<u>かわりに</u>、うちでテレビを見て過ごしました。

②手紙を出しに行くのに、自分で行く<u>かわりに</u>、弟を行かせた。

③新聞社は今年度は新聞料金を値上げするかわりに、ページ数を減らすと発表した。

◎◎◎　動詞の辞書形／名詞＋の　＋かわりに

〜かわりに　B【〜の代償として】

①この辺は買い物などに便利なかわりに、ちょっとうるさい。

②ジムさんに英語を教えてもらうかわりに、彼に日本語を教えてあげることにした。

③現代人は様々な生活の快適さを手に入れたかわりに、取り返しのつかないほど自然を破壊してしまったのではないか。

◎◎◎　連体修飾型　＋かわりに

II・9　〜にかわって【〜ではなく】

●「いつもの〜、通常の〜ではなく」と言いたい時に使う。

①「木村先生は急用で学校へいらっしゃいません。それで今日は、木村先生にかわって私が授業をします。」

②「本日は社長にかわり、私、中川がごあいさつを申し上げます。」

③ふつうの電話にかわって、各家庭でテレビ電話が使われるようになる日もそう遠くないだろう。

◎◎◎　名詞　＋にかわって

II・10　〜ないまでも【〜まではできないが／〜まではできなくても】

●「〜の程度には達しなくても、それより下の程度には達する」と言いたい時。

①「休みごとには帰らないまでも、1週間に1回ぐらいは電話をしたらどうですか。」

②選手にはなれないまでも、せめて趣味でスポーツを楽しみたい。

③給料は十分とは言えないまでも、これで親子4人がなんとか暮らしていけます。

④営業目標は100パーセント達成したとはいかないまでも、一応満足すべき結果だと言える。

II・11　～にひきかえ【～とは反対に／～とは大きく変わって】

①ひどい米不足だった去年にひきかえ、今年は豊作のようです。

②節約家の父にひきかえ、母は本当に浪費家だ。

③昔の若者がよく本を読んだのにひきかえ、今の若者は活字はどうも苦手のようだ。

☞　　4「～に対して」は、前のことがらと後のことがらを冷静に対比させるが、「～にひきかえ」は、前のことがらとは「正反対に」とか「大きく変わって」というように主観的な気持ちを込める時に使う。

◎◎◎　名詞／連体修飾型（名詞は「である型」。「名詞＋な」の形もある）＋の　＋にひきかえ

練習

10　比較・最上級・対比

A　□□の中の言葉を使って、下線の言葉を言い換えなさい。一つの言葉は1回しか使えません。

a　に反して　　b　くらい～はない　　c　かわりに
d　どころか　　e　ないまでも　　f　う（よう）か～まいか
g　反面　　h　にかわって　　i　にもまして　　j　一方で

1　山川さんは忙しい記者生活をおくっているが、家族との生活も大切にしている。

（　　　　　　　　　　　　　　　）

2　病気で期末試験が受けられなかったが、再試験を受けないで、レポートを提出すればいいとのことだった。　　　　　（　　　　　　　　　　　　　　）

3　将来、人間の代替としてロボットが家事の一切をやってくれる日が来るだろうか。

（　　　　　　　　　　　　　）

4　「これ、バナナケーキなんです。お口に合わないんじゃないかと心配なんですが。」

「口に合わないなんてとんでもない、実は大好物なんですよ。」

(　　　　　　　　　　　　　　　　)

5　両親の強い要望により彼は自分の希望とは反対に進路を変えなければならなかった。

(　　　　　　　　　　　　　　　　)

6　ワープロ書きの手紙は一見きれいで読みやすいが、別の面から見るとあたたかみに
欠けるのではないか。　　　　　　　(　　　　　　　　　　　　　　　)

7　リンさんに本当のことを言おうか言うのはやめようかと悩んでいる。

(　　　　　　　　　　　　　　　　)

8　信頼していた友人に裏切られるのは最高につらいことだ。

(　　　　　　　　　　　　　　　　)

9　看護婦になって１年。先輩たちはみんなとてもやさしいです。でも、それ以上にう
れしいのは患者さんの「ありがとう」の一言です。(　　　　　　　　　　　　　)

10　「夕食作りをするのは無理でも、せめて食器洗いぐらい手伝ってください。」

(　　　　　　　　　　　　　　　　)

B　□の中の言葉を使って文を完成しなさい。一つの言葉は１回しか使えません。

┌───┐
│　a　どころか　　b　反面　　c　ほど　　d　までも　　　│
│　e　にもまして　　f　に対して　　g　というより　　　│
└───┘

　　わたしは考古学1＿＿＿＿＿おもしろい学問はないと思っている。わたしにとって、考古
学は学問2＿＿＿＿＿趣味に近い。考古学者は図書館で古い文書に囲まれて過ごすことも多
い3＿＿＿＿＿、遺跡などを発掘するフィールドワークも多い。そのどちらもわたしに合っ
ていると思うからだ。将来は大学で考古学を教えたいと思うが、この仕事は収入
4＿＿＿＿＿支出が意外に多いと聞いている。しかし、何5＿＿＿＿＿心配なのは、果たしてわ
たしが今の仕事をやめて大学に入学できるかということだ。入学できなければ、大学の
先生6＿＿＿＿＿、高校や中学の教師になることさえできない。考古学科のある有名な大学
とは言わない7＿＿＿＿＿、せめて史学科のある大学に入りたい。

判断の立場・評価の視点　判断的立場・評估的觀點

ものごとを判断する時の立場や評価する時の視点を言いたい時は、どんな言い方がありますか。

知っていますか

a にとって　b として　c の上で　d わりには　e にしては

1　彼はクラスの班長_____、毎日がんばっています。
2　彼のやったことは法律_____は、問題になることではない。
3　水は生物_____なくてはならないものです。
4　「あの人はサッカーの選手だそうですよ。」

　　「そうですか。それ_____体が弱そうですね。」
5　あの人は年齢の_____若く見えます。

使えますか

1　a 議論に時間をかけたわりには、
　　b 会議のわりには、　　　　　　　}いい結論が出なかった。

2　正月はわたしにとって{
　　a いつも楽しく過ごします。
　　b 一年中で一番楽しい時です。

3　あの人は仕事の上では{
　　a 満点をあげられる人です。
　　b ときどきいねむりをします。

4　ここは観光名所にしては、{
　　a 訪れる人が多い。
　　b 訪れる人が少ない。

5　課長はわたしを外の課に移したいらしい。

　　わたしにしても{
　　a この課にはもういたくない。
　　b この課を移りたくない。

答は次のページにあります。

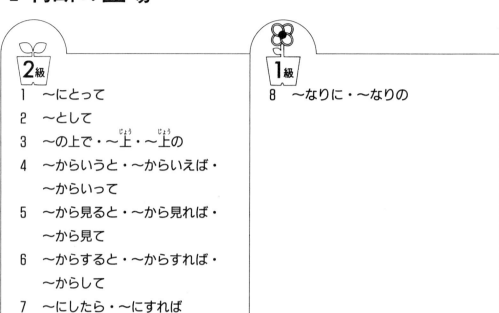

Ⅰ 判断の立場 ものごとを判断する時の立場を言いたい時

2級
1　〜にとって
2　〜として
3　〜の上で・〜上・〜上の
4　〜からいうと・〜からいえば・〜からいって
5　〜から見ると・〜から見れば・〜から見て
6　〜からすると・〜からすれば・〜からして
7　〜にしたら・〜にすれば

1級
8　〜なりに・〜なりの

 Ⅰ・1　〜にとって【〜の立場から考えると】

● 「〜の立場で考えると〜だ」と言いたい時。

①現代人にとって、ごみをどう処理するかは大きな問題です。

②これはありふれた絵かもしれないが、わたしにとっては大切な思い出のものだ。

③石油は現代の工業にとってなくてはならない原料である。

④車はわたしにとって、作家にとってのペンのようなものだ。

☞1　ある視点で見た場合の判断や評価を述べる。
☞2　2「〜として」の☞を参照。
◯◯◯　名詞　＋にとって

 Ⅰ・2　〜として【〜の立場で／〜の資格で／〜の名目で】

　1b　2c　3a　4e　5d　　　　1a　2b　3a　4b　5a

①わたしは前に一度観光客として日本に来たことがある。

②わたしは卒業論文のテーマとして資源の再利用の問題を取り上げることにした。

③今回の事故につきましては、会社側としてもできるだけの補償をさせていただきます。

④古代ギリシャではじめて学問としての数学の歴史が始まった。

⑤この問題についてわたしとしては特に意見はありません。

☞　Ⅰ「～にとって」と「～として」は立場を表している点ではよく似ている。しかし、「～にとって」の後の文は主として判断文（形容詞文）、「～として」の後の文は主として動作文が来るという違いがある。
　　・工場管理者にとって、工場内の事故は大きな責任問題です。
　　・工場管理者として、彼は今回の事故の責任をとって辞職した。

名詞　＋として

Ⅰ・3　～の上で・～上・～上の【～の方面では／～を見て評価すると】

①この機械はみかけの上では使い方が難しそうですが、実際はとても簡単なのです。

②この会に参加するには、形式上面倒な手続きをとらなければならない。

③「お手元の決算報告書をごらんください。計算上のミスはないつもりですが。」

他例　　表面上、法律上、習慣上、都合上、生活上、経済上、健康上、～の関係上

名詞　＋の上で　　名詞　＋上　　　　　　　　→ 2課Ⅰ・2「～上で」

Ⅰ・4　～からいうと・～からいえば・～からいって【～の立場から判断すると】

①仕事への意欲からいうと、田中さんより山下さんの方が上だが、能力からいうと、やはり田中さんの方が優れている。

②小林選手は、年齢からいえばもうとっくに引退してもいいはずだが、意欲、体力ともにまだまだ十分だ。

③リンさんの性格からいって、黙って会を欠席するはずがない。何か事故でもあったのではないだろうか。

④教師のわたしの立場からいっても、試験はあまり多くない方がいいのです。

名詞　＋からいうと

Ⅰ・5　〜から見ると・〜から見れば・〜から見て【〜の立場から観察すると】

①外国人のわたしから見ると、日本人はいつもとても忙しがっているようです。
②来日当時の状態から見れば、彼はすばらしい成長をしたと言えるだろう。
③「保証人の山田さんから見て、ヤン君の最近の言動をどう思われますか。」
④彼に好意的な人から見ても、あの会での彼の発言は許せないだろう。

　　　名詞　＋から見ると

Ⅰ・6　〜からすると・〜からすれば・〜からして【〜の立場から考えると】

①米を作る農家からすると、涼しい夏はあまりありがたくないことだ。
②伝統的町並みを保存するという点からすれば、京都の家々の建て替えにある程度の制

　限があるのはしかたのないことだろう。
③この頃びんや缶などの資源回収が盛んに行われている。これは資源の保護から見て

　望ましいことだが、生産者の側からしても有益なことだと思う。

　　　名詞　＋からすると

Ⅰ・7　〜にしたら・〜にすれば【〜の気持ちでは】

①住民側からは夜になっても工事の音がうるさいと文句が出たが、建築する側にした

　ら、少しでも早く工事を完成させたいのである。
②姉にすればわたしにいろいろ不満があるようだけれど、わたしにしても姉には言いた

　いことがある。
③わたしはこのアパートを出て、今度は学校の寮に入ることにしました。両親にしても

　その方が安心でしょう。

　　　名詞　＋にしたら

Ⅰ・8　〜なりに・〜なりの【〜の力の及ぶ範囲で】

①きのう彼が出した提案について、わたしなりに少し考えてみた。

②あの子も子どもなりにいろいろ心配しているのだ。

③「あなたはあなたなりの意見をもっているでしょう。自分の意見を言いなさい。」

☞　　「わたしなりに」の形ではよく使うが、目上の人についてはあまり使わない。

◯◯◯　名詞　＋なりに

II 評価の視点　ものごとを評価する時の視点を言いたい時

2級
1　〜わりに（は）
2　〜にしては
3　〜向きに・〜向きの・〜向きだ

1級
4　〜ともなると・〜ともなれば
5　〜ともあろう
6　〜たる
7　〜まじき

II・1　〜わりに（は）【〜こととは不釣り合いに】

●「〜から考えて当然であると思われる程度に相当していない」と言いたい時。

①わたしの母は、年をとっているわりには意欲的です。

②きのうの講演会は、思ったわりには人が集まらなかった。

③このくつは値段が高いわりによく売れる。

④彼女は年齢のわりには若く見えます。

☞　　2「〜にしては」と意味、用法がよく似ているが、「〜わりに（は）」は不釣り

合いであることを問題にしていることが特徴的。「〜」には程度を表す表現が

来ることが多い。

◯◯◯　連体修飾型　＋わりに（は）

II・2　〜にしては【〜にふさわしくなく】

●「〜の事実から出てくる結果が〜とは合わない」と言いたい時に使う。

①あの人は新入社員にしては、客の応対がうまい。

②彼は力士にしては体が小さめだが、毎日の努力と技術と天性のカンで今日の優勝を

勝ち取ったのだ。

③この文は文学賞をとった彼が書いたにしては、活力がなく、おもしろさもない。

④このレポートは時間をかけて調査したにしては、詳しいデータが集まっていない。

☞　「～にしては」は外の人を批判したり評価したりする時の言い方。自分自身のことには使いにくい。

◎◎◎　名詞／普通形型（な形容詞と名詞は「である型」。ただし、「である」がない場合もある）　＋にしては

II・3　～向きに・～向きの・～向きだ【～にちょうど合う】

①これはお年寄り向きにやわらかく煮た料理です。

②この店には子ども向きのかわいいデザインのものが多い。

③「この作家のエッセーを一度読んでごらんなさい。あなた向きだとわたしは思いますよ。」

◎◎◎　名詞　＋向きに

II・4　～ともなると・～ともなれば【～という程度の立場になると】

①ふつうの社員は毎日きちんとタイムカードを押さなければならないが、社長ともなるといつ出勤しても退社してもかまわないのだろう。

②一国の首相ともなると、忙しくてゆっくり家族旅行などしてはいられないだろう。

③大学4年生ともなると、就職その他で大忙しだ。

④大学の教授ともなれば、自分の研究だけでなく後輩の指導もしなければならない。

☞　×子どもともなると、外で遊びたがる。
　×女の子ともなると、将来のことをいろいろ考えるようになる。
「～ともなると」の「も」は、ある幅をもった範囲のうち、程度がそこまで進んだことを表すから、「～」にはより程度が進んだことを示す名詞が来る。
　○2、3歳の幼児はおとなしく家の中で遊ぶが、4、5歳の子どももともなると外で遊びたがる。
　○中学生ともなると、将来のことをいろいろ考えるようになる。

◎◎◎　名詞　＋ともなると

II・5　〜ともあろう【〜のような】

①大会社の社長ともあろう人が、軽率な発言をしてはいけない。

②「あなたともあろう人がどうしてあんな人のうそにだまされたのですか。」

③国の最高機関ともあろう国会があのような強行な採決をするとは許せない。

☞　　「〜」には話す人が高く評価している人やものが来る。高く評価しているのに実際はそれにふさわしくない行動をした、または高く評価しているのだからそれにふさわしい行動をしてほしいなどと、話す人の感想を述べたい時に使う。

⦿　　名詞　＋ともあろう＋名詞

II・6　〜たる【〜の立場にある】

●「〜の立場にあるのだから、それにふさわしく」と言いたい時に使う。

①国を任された大臣たる者は、自分の言葉には責任をもたなければならない。

②一国一城の主たる者、1回や2回の失敗であきらめてはならぬ。

③国の代表たる機関で働くのなら、それなりの誇りと覚悟をもってください。

☞　　「〜たる者」の形でよく使われる。「〜」は話す人が高く評価している立場を表す語。文語的な表現。

⦿　　名詞　＋たる＋名詞

II・7　〜まじき【〜てはいけない／〜べきではない】

①学生にあるまじき行為をした者は退学処分にする。

②外の人の案を盗むなんて許すまじきこと、この業界では決してやってはいけない。

③あの大臣は、日本の責任について言うまじきことを言ってしまったために辞職に追いやられた。

☞　　文語的な表現。

⦿　　動詞の辞書形（「する」は「すまじき」もある）　＋まじき＋名詞

11 判断の立場・評価の視点

□の中の言葉を使って下の文を完成しなさい。一つの言葉は1回しか使えません。

I | a にとって　　b として　　c 上で　　d 上　　e わりに　　f なりに

わたしは私費留学生1＿＿＿＿＿日本に来ました。わたし2＿＿＿＿＿がんばったので、今はもう生活の3＿＿＿＿＿は何の問題もありません。しかし、日本語はわたし4＿＿＿＿＿は大変難しく、最初は漢字を覚えるのが精一杯でした。漢字だけではなく、文法5＿＿＿＿＿の様々な規則もめんどうです。でも、めんどうな6＿＿＿＿＿は覚えやすいです。今は日本語を勉強するのが楽しいです。

II | a からいえば　　b にしては　　c 向きの
d ともなると　　e たる　　f まじき

わたしの学校の大木教授は今年65歳。65歳1＿＿＿＿＿気持ちが若い。先生はよくお酒を飲んで翌日講義を休む。また、よく遅刻する。これは教授2＿＿＿＿＿者にある3＿＿＿＿＿ことだ。教授4＿＿＿＿＿お酒を飲む機会が多いのだろうか。もともとあまり学者5＿＿＿＿＿性格ではないのかもしれない。学生の立場6＿＿＿＿＿、あまり立派な先生とは言えないが、そのわりには人に悪く言われないから不思議だ。

12 基準

基準

何かを基準にして動作が行われると言いたい時は、どんな言い方がありますか。

知っていますか

a とおりに　b を中心に　c に沿って　d をもとにして　e のもとで

1 この神社の祭りは、伝統的なやり方＿＿＿＿行われています。
2 これはある伝説＿＿＿＿創作された芝居です。
3 田中先生のご指導＿＿＿＿、この論文を書き上げた。
4 この会は中山さん＿＿＿＿、いろいろな活動をしている。
5 実験結果は必ずしも教科書の＿＿＿＿はいかない。

使えますか

1 子ども部屋を $\left\{\begin{array}{l} \text{a　本人が望んでいるように} \\ \text{b　本人が望んでいるような} \end{array}\right\}$ 改造してみました。

2 $\left\{\begin{array}{l} \text{a　先生の指示とおりに} \\ \text{b　先生の指示どおりに} \end{array}\right\}$ 行動してください。

3 ひらがなとカタカナは、漢字をもとにして $\left\{\begin{array}{l} \text{a　使われた。} \\ \text{b　造られた。} \end{array}\right.$

4 小説の話は必ずしも読者の期待に沿って $\left\{\begin{array}{l} \text{a　展開するわけではない。} \\ \text{b　おもしろいわけではない。} \end{array}\right.$

5 教育は平等の原則に基づいて $\left\{\begin{array}{l} \text{a　大変重要だ。} \\ \text{b　行われなければならない。} \end{array}\right.$

答は次のページにあります。

基準（きじゅん）　何かを基準にして動作（どうさ）が行われると言いたい時

2級	1級
1　〜ように・〜ような	9　〜に即（そく）して・〜に即した
2　〜とおり（に）・〜とおりの・〜とおりだ	10　〜ごとく・〜ごとき
3　〜に沿（そ）って・〜に沿う・〜に沿った	
4　〜に基（もと）づいて・〜に基づく・〜に基づいた	
5　〜をもとに（して）・〜をもとにする・〜をもとにした	
6　〜のもとで・〜のもとに	
7　〜を中心（ちゅうしん）に（して）・〜を中心として・〜を中心にする・〜を中心とする・〜を中心にした・〜を中心とした	
8　〜を〜に（して）・〜を〜として・〜を〜にする・〜を〜とする・〜を〜にした・〜を〜とした	

 1　〜ように・〜ような

①旅行の日程（にってい）は次（つぎ）のように決（き）まりました。

②「世の中が何でもあなたの思（おも）うように動くなどとは考えないでください。」

③この実験結果（じっけんけっか）では、わたしが期待（きたい）していたようなデータは得（え）られなかった。

　1c　2d　3e　4b　5a　　　　　1a　2b　3b　4a　5b

☞　　2「～とおり（に）」の☞を参照。

◎◎◎　連体修飾型　＋ように　　　　　　　　　→2課Ⅰ・1「～ように」

2　～とおり（に）・～とおりの・～とおりだ【～と同じに】

①ものごとは自分の考えの<u>とおり</u>にはいかないものだ。

②「わたしの言った<u>とおり</u>にやってみてください。」

③この本の作者に初めて直接会うことができた。わたしが前から思っていた<u>とおりの</u>方だった。

④案内書を見ながら日光を歩いた。そのすばらしさは案内書<u>どおり</u>だった。

☞　　意味や使い方は、1「～ように」と大体同じ。1より「まったく同じに」という感じが強い。

◎◎◎　動詞の辞書形・～た形／名詞＋の　＋とおりに　　名詞　＋どおりに

3　～に沿って・～に沿う・～に沿った【～に合うように／～に従って】

①本校では創立者の教育方針に<u>沿って</u>年間の学習計画を立てています。

②「ただ今の鋭いご質問に対してお答えします。ご期待に<u>沿う</u>回答ができるかどうか自信がありませんが……。」

③このたびの災害を機に、政府には安全対策の基本的考えに<u>沿った</u>実施計画を打ち出してもらいたいと思う。

◎◎◎　名詞　＋に沿って

4　～に基づいて・～に基づく・～に基づいた【～を基本にして】

●「～を考え方の基本にしてあることをする」と言いたい時。

①この小説は歴史的事実に<u>基づいて</u>書かれたものです。

②この学校はキリスト教精神に<u>基づいて</u>教育が行われています。

③我々は今、公職選挙法に<u>基づく</u>公正な選挙の大切さを再認識しなければならない。

④これは単なる推測ではなく、たくさんの実験データに<u>基づいた</u>事実である。

☞ 5「〜をもとに（して）」の ☞ 2 を参照。

⦿ 名詞　＋に基づいて

🎁 **5　〜をもとに（して）・〜をもとにする・〜をもとにした** 【〜を素材にして／〜からヒントを得て】

①北欧の古い歌をもとに、新しい音楽に作りかえたのがこの曲です。

②戦争体験者の話してくれたことをもとにして、このテレビドラマを創作しました。

③象形文字や指事文字をもとにしてたくさんの漢字が造られた。また、ひらがなとカタカナは漢字をもとにして生まれたものである。

④ポップスの中には有名な曲の一部をもとにしたものがある。

☞ 1　あるものが生み出される根源や具体的素材を表す。後には、書く、話す、作る、創作する、などの意味を持つ文が来る。

☞ 2　4「〜に基づいて」は、それから精神的に離れずにという気持ちが強いが、「〜をもとに」は、それから本質的なことを得るだけであり、離れずにという気持ちはうすい。また、4より具体的。

🎁 **6　〜のもとで・〜のもとに** 【〜を頼って／〜の下で】

①わたしはいい環境、いい理解者のもとで、恵まれた研究生活をおくることができた。

②この鳥は国の保護政策のもとに守られてきた。

③新しいリーダーのもとに、人々は協力を約束し合った。

⦿ 名詞　＋のもとで

🎁 **7　〜を中心に（して）・ 〜を中心として・〜を中心にする・〜を中心とする・〜を中心にした・〜を中心とした**

①今度の台風の被害は東京を中心に関東地方全域に広がった。

②実行委員長の秋山君を中心として、文化祭の係りは心を一つにがんばっています。

③この研究会では公害問題を中心とした様々な問題を話し合いたいと思う。

④石井さんを中心とする新しい委員会ができた。

8　〜を〜に（して）・〜を〜として・〜を〜にする・
　　〜を〜とする・〜を〜にした・〜を〜とした

①戦後50年を一つの区切りとして、平和の大切さを次代に伝えなければならない。
②この大会に参加できるのは社会奉仕を目的とする団体だけです。
③ビルの建設は安全を第一条件とし、慎重に工事を進めてください。
④文化祭は「地球の未来」をテーマとして、着々と準備が進められています。

 9　〜に即して・〜に即した【〜に従って】

①試験中の不正行為は、校則に即して処理する。
②現行の法律に即して、ものごとの可否を判断しなければならない。
③非常事態でも、人道に即した行動がとれるようになりたい。

　　　名詞　＋に即して

 10　〜ごとく・〜ごとき【〜ように】

①前回の手紙にも書いたごとく、私も来年は定年だ。だから君にもそろそろ自分の将
　来のことを真剣に考えてもらいたい。(父から息子への手紙)
②上記のごとく、いったん納入したお金は返却されません。
③次のごとき日程で、研修会を行う。

　　　動詞の辞書形・〜た形／名詞＋の　＋ごとく

練習　　**12　基準**
_____

A　□の中の言葉を使って下の文を完成しなさい。一つの言葉は1回しか使えません。

a ような	b どおり	c に沿って
d に基づく	e をもとにして	f のもとに

I　この作家は大病の後、親の保護1_____静かに暮らしていました。そして、その時、母親から聞いた話2_____書いたのが、この作品です。伝統的な小説作法3_____創作したようです。若い人が好む4_____話ではないけれど、史実5_____貴重な作品です。予想6_____今年の賞を受けました。

II　次の1_____スケジュールで工場見学を行いますので、どうぞご参加ください。見学は案内図2_____、順番に行います。第1工場では不用ガラスびん3_____新しい素材を作り出す工程を見ることができます。これは、A大学の山田先生のご指導4_____実験を行ってきたものです。我々の期待5_____の結果が得られました。今回お見せするのはその実験結果に6_____ものです。

B　□の中の言葉を使って、例のように前の文と後の文をつなげなさい。一つの言葉は1回しか使えません。

a どおりに	b とおりに	c ような	d をもとにして
e のもとでは	f を中心にして	g に即して	h に基づく

例　説明書__a__ ク 。

1　ここに書いてある_____ _____。

2　自然界にある物質_____、_____。

3　あすは関東地方_____、_____。

4　わたしが発音する_____、_____。

5　違反者は規定_____ _____。

6　この雑誌は最新の情報_____ _____。

7　軍事体制_____、_____。

ア　正しくカタカナを書きなさい。

イ　記事が少ない。

ウ　罰する。

エ　自由な発想は生まれないと思う。

オ　日程で北海道へ行く。

カ　次々に新しい化合物が造られる。

キ　全国的に雨が降ります。

ク　組み立てて、本箱を作った。

関連・対応

關連・因應

二つのものごとの間に関連があると言いたい時は、どんな言い方がありますか。

知っていますか

a によって　b によっては　c に応じて　d のたびに　e をきっかけに

1 フランス旅行＿＿＿＿、わたしはフランス料理を習い始めた。
2 人は地位＿＿＿＿、社会的責任も重くなる。
3 場合＿＿＿＿、今夜は家に帰れないかもしれません。
4 同じ料理でも、店＿＿＿＿味が違う。
5 あの人は出張＿＿＿＿、新しいかばんを買う。

使えますか

1 天気によって、
　　a ここから富士山が見えたり見えなかったりする。
　　b ここから富士山は見えない。

2 テレビに出たことがきっかけで、
　　a うれしかった。
　　b 急に友人が増えた。

3 この時間は
　　a 能力に比べたクラスに入って、
　　b 能力に応じたクラスに入って、
　　　会話の練習をする。

4 この写真を見るたびに、
　　a うれしい。
　　b 子どもの頃のことを思い出す。

5 a 解決方法がある時は、
　 b どんな解決方法を選ぶかは、
　　　あなたの考え方次第です。

答は次のページにあります。

関連・対応 かんれんたいおう 二つのものごとの間に関連があると言いたい時

2級

1　～によって・～による
2　～によっては
3　～次第で・～次第だ しだい
4　～次第では
5　～に応じて・～に応じた おう
6　～たび（に）
7　～につけて
8　～をきっかけに（して）・
　　～をきっかけとして
9　～を契機に（して）・ けいき
　　～を契機として

1級

10　～いかんで・
　　～いかんによって・
　　～いかんだ
11　～いかんでは・
　　～いかんによっては

1　～によって・～による

● 「～」に対応して後のことがらがそれぞれに違うことを表す。 ちがあらわ

①収穫されたみかんを大きさによって三つに分類し、それぞれの箱に入れます。 しゅうかく・ぶんるい・はこ

②ホテルの窓からは、その日の天候によって富士山が見えたり見えなかったりです。 まど・てんこう・ふじさん

③人により人生観はいろいろだが、命の重みを否定する人はいないと思う。 じんせいかん・いのち・ひてい

④季節による風景の変化は、人の感性を豊かにしてくれる。 きせつ・ふうけい・へんか・かんせい・ゆた

☞　　「～」には様々な種類や可能性を表す名詞が、後には、いろいろある、違うな さまざま・しゅるい・かのうせい・めいし
　　ど、一定ではないという意味を表す文が来る。 いってい

◯◯◯　名詞　＋によって　　　　　　　→19課Ⅰ・1「～によって・～による」 か

2　～によっては【ある～の場合は】 ばあい

● 「ある～の場合は～のこともある」と言いたい時。

　1e　2c　3b　4a　5d　　　　　1a　2b　3b　4b　5b

①この地方ではよくお茶を飲む。人によっては1日20杯も飲むそうだ。

②母が病気なので、場合によっては研修旅行には参加できないかもしれません。

③この辺りの店はどこも早く閉店する。店によっては7時に閉まってしまう。

☞　　1「〜によって」の用法の一部。様々な種類の中の一つだけを取り出して述べる言い方。

◍◍◍　　1「〜によって」と同じ。

3　〜次第で・〜次第だ【〜で】

●「〜に対応して、あることが決まる」と言いたい時。

①言葉の使い方次第で相手を怒らせることもあるし、喜ばせることもある。

②わたしはその日の天気次第で、一日の行動の予定を立てます。

③国の援助を受けられるか受けられないかは、この仕事の結果次第です。

☞　　10「〜いかんで・〜いかんによって・〜いかんだ」の☞を参照。

◍◍◍　　名詞　＋次第で

4　〜次第では【ある〜の場合は】

●「ある〜の場合は〜のこともある」と言いたい時。

①成績次第では、あなたは別のコースに入ることになります。

②道の込み方次第では、着くのが大幅に遅れるかもしれません。

③考え方次第では、苦しい経験も貴重な思い出になる。

☞ 1　　3「〜次第で」の用法の一部。いろいろな可能性の中の一つを取り上げて述べる言い方。

☞ 2　　11「〜いかんでは・〜いかんによっては」と意味、用法が同じ。

◍◍◍　　3「〜次第で」と同じ。

5　〜に応じて・〜に応じた

●前のことがらが変われば、それに対応して後のことがらも変わることを表す。

①人は年齢に応じて社会性を身につけていくものだ。

②アルバイト料は労働時間に応じて計算される。

③当店ではお客様のご予算に応じて料理をご用意いたします。

④ハイキングの日の服装は、その日の天候に応じた調節可能なものがいい。

◎◎◎　名詞　＋に応じて

6　～たび（に）【～の時はいつも】

●「～が起こると、その時はいつも同じことになる」と言いたい時。

①出張のたびに書類を整理しなければならない。

②あの人は、会うたびに新しい話題を聞かせてくれる。

③父は外国に行くたびに珍しいおみやげを買ってくる。

◎◎◎　動詞の辞書形／名詞＋の　＋たびに

7　～につけて【～に関連していつも】

●「同じ状況にある時、いつもある気持ちになってそうする」と言いたい時。

①あの人の暗い顔を見るにつけ、わたしは子どもの頃の自分を思い出す。

②彼の生活ぶりを聞くにつけて、家庭教育の大切さを感じる。

③彼女は何ごとにつけても、他人を非難する人です。

④あの人は体の調子がいいにつけ悪いにつけ、神社に行って手を合わせている。

☞　「何か、何ごと」などの言葉と結びついて慣用的に使う。また、④の例のように、「～につけ」の前に対立する意味の言葉を並べ、「どちらの時も」という意味を表す慣用表現もある。

8　～をきっかけに（して）・～をきっかけとして

①夏の軽い登山をきっかけに、わたしは山登りに興味をもつようになった。

②ある新聞記事をきっかけにして、20年前のあるできごとを思い出した。

③ある日本人と友達になったことがきっかけで、日本留学を考えるようになった。

☞１　③のように「～がきっかけで」の形もある。

☞2　9「～を契機に（して）・～を契機として」の☞を参照。

 9　～を契機に（して）・　～を契機として

①この災害を契機にして、わが家でも防災対策を強化することにした。

②転居を契機に、わたしも今までの仕事をやめて自分の店を持つ決心をした。

③今度の病気、入院を契機として、今後は定期検診をきちんと受けようと思った。

☞　　意味、用法は8「～をきっかけに（して）・～をきっかけとして」とほとんど同

　　じだが、「～を契機に（して）・～を契機として」の後にはプラスの意味の文が

　　来ることが多い。

 10　～いかんで・～いかんによって・～いかんだ【～に対応して】

①商品の説明のしかたいかんで、売れ行きに大きく差が出てきてしまう。

②この頃とても疲れやすいので、当日の体調いかんでその会に出席するかどうか決め

　たい。

③国の政策のいかんによって、高齢者や身体障害者たちの暮らし方が変わってくるの

　は明らかだ。

④今度の事件をどう扱うかは校長の考え方いかんです。

☞　　3「～次第で・～次第だ」と意味、用法が同じ。

○○○　名詞（の）　＋いかんで　　→14課6「～いかんによらず・～いかんにかかわらず」

 11　～いかんでは・～いかんによっては【ある～の場合は】

●「ある～の場合は～のこともある」と言いたい時。

①「君の今学期の出席率いかんでは、進級できないかもしれないよ。」

②本の売れ行きいかんでは、すぐに再版ということもあるでしょう。

③出港は午後3時だが、天候のいかんによっては、出発が遅れることもある。

☞1　10「～いかんで」の用法の一部。いろいろな可能性の中の一つを取り上げて述

　　べる言い方。

☞2　4「～次第では」と意味、用法が同じ。

10「～いかんで」と同じ。

練習 **13** 関連・対応

□の中の言葉を使って、下線の言葉を言い換えなさい。記号で答えなさい。一つの言葉は1回しか使えません。

| a によって | b によっては | c 次第だ | d に応じた |
| e たびに | f につけて | g をきっかけに |

1 この会では、年齢や条件にあったアルバイトを紹介します。

（　　　）

2 年が違えば、1年間の総雨量が違う。

（　　　）

3 同窓会での再会がチャンスになって、二人はまた親しくつき合うようになった。

（　　　）

4 あの人は何かの場合にいつも自分の親のことを自慢する。

（　　　）

5 わたしの家は古いので、地震の時はいつも大きく揺れる。

（　　　）

6 うちの電話代は、2万円を超える月もある。

うちの電話代は、月（　　　）2万円を超える。

7 客が増えるか増えないかは、営業の努力によって決まる。

（　　　）

無関係・無視・例外　無關・忽視・例外

関係ない、考えに入れない、例外だ、と言いたい時はどんな言い方がありますか。

知っていますか（2回使うものもあります。）

a　はともかく　　b　にかかわらず　　c　もかまわず

1　値段の高い安い＿＿＿＿、いい物は売れるという傾向がある。

2　この仕事は内容＿＿＿＿、給料の面でちょっと問題がある。

3　田中さんは相手の都合＿＿＿＿仕事を頼んで来るので本当に困る。

4　この店の料理は値段＿＿＿＿、味のよさは最高だ。

5　電車の中で人目＿＿＿＿泣いている女の人を見かけた。

使えますか

1　a　その小さい子どもは親の注意もかまわず、一人で道を渡ってしまった。
　　b　交通信号が赤なのもかまわず、道を渡ってしまおう。

2　そのアパートは家賃の高さはさておき、
　　{ a　部屋も広くていい。
　　 b　環境がとても気に入った。

3　a　この仕事は経験の有無を問わず、
　　b　この仕事は若い人やお年寄りを問わず、
　　} 誰でも応募できます。

4　a　会に参加するしないにもかかわらず、
　　b　会に参加するしないにかかわらず、
　　} アンケートにはお答えください。

5　その車を買うかどうかはともかくとして、
　　{ a　やっぱり買うことにしよう。
　　 b　まず見に行こう。

答は次のページにあります。

無関係・無視・例外 関係ない、考えに入れない、例外だ、と言いたい時

2級

1　〜を問わず・〜は問わず

2　〜にかかわらず・
　　〜に（は）かかわりなく

3　〜もかまわず

4　〜はともかく（として）

5　〜はさておき

1級

6　〜いかんによらず・
　　〜いかんにかかわらず

7　〜をものともせず（に）

8　〜をよそに

9　〜いざしらず

1　〜を問わず・〜は問わず【〜に関係なく】

①この辺りは若者に人気がある町で、昼夜を問わずいつもにぎわっている。

②オールウェザーコートでは、天候を問わずいつでも試合ができる。

③近年、文化財保護の問題は、国の内外を問わず大きな関心を呼んでいる。

④この会には年齢、性別は問わず、いろいろな人を集めたいのです。

☞　　1「〜を問わず」、2「〜にかかわらず」は大体同じ意味で使われる。どちらも、「昼夜」「降る降らない」など対立の関係にある言葉に続くことが多い。

2　〜にかかわらず・〜に（は）かかわりなく【〜に関係なく】

①このグループのいいところは、社会的な地位にかかわりなく、誰でも言いたいことが言えることだ。

②このデパートは曜日にかかわらず、いつも込んでいる。

③お酒を飲む飲まないにかかわりなく、参加者には一人3千円払っていただきます。

④当社は学校の成績のいい悪いにかかわりなく、やる気のある人材を求めています。

⑤金額の多少にかかわらず、寄付は大歓迎です。

　1b　2a　3c　4a　5c　　　　　1a　2b　3a　4b　5b

☞　　1「〜を問わず」の☞を参照。

◎◎◎　名詞　＋にかかわらず　　　　　　　　　→18課5「〜にもかかわらず」

 3　〜もかまわず【〜も気にしないで】

①最近は電車の中で人目もかまわず化粧している女の人をよく見かけます。

②父は身なりもかまわず出かけるので、一緒に歩くのが恥ずかしい。

③彼女は雨の中を、服がぬれるのもかまわず歩き去って行った。

④アパートの隣の人はいつも夜遅いのもかまわず、大きな音で音楽を聴いている。

◎◎◎　名詞／連体修飾型(名詞は「である型」。「名詞＋な」の形もある)＋の　＋もかまわず

 4　〜はともかく（として）【〜は一応問題にしないで】

●「〜の問題も考えなければならないが、今はそれよりも後の文のことがらを先に考える」という気持ちで使う。

①費用の問題はともかく、旅行の目的地を決める方が先です。

②コストの問題はともかくとして、重要なのはこの商品が売れるか売れないかだ。

③この計画は実行できるかどうかはともかくとして、まず実行する価値があるかどうかをもう一度よく考えてみよう。

☞　　5「〜はさておき」の☞を参照。

 5　〜はさておき【〜は今は考えの外に置いて】

①大学進学の問題はさておき、今の彼には健康を取り戻すことが第一だ。

②責任が誰にあるのかはさておき、今は今後の対策を考えるべきだ。

③（二人の男の人が仕事の話をした後）

　「それはさておき、社員旅行のことはどうなっているんだろう。」

　「ああ、それは木村さんが中心になって進めているという話ですよ。」

☞　　4「〜はともかく（として）」は前のことがらと後のことがらを比較する気持ちがあるのに対し、「〜はさておき」では、前のことを考えの外にはずしてしまう気持ちが強い。

6 ～いかんによらず・～いかんにかかわらず 【～がどうであっても それに関係なく】

①事情のいかんによらず、欠席は欠席だ。

②試験の結果いかんによらず、試験中に不正行為のあったこの学生の入学は絶対に認められない。

③理由のいかんにかかわらず、いったん払い込まれた受講料は返金できないことになっている。

　　　　名詞（＋の）　＋いかんによらず　→13課10「～いかんで・～いかんによって・～いかんだ」

7 ～をものともせず（に）【～に負けないで】

● 「困難に負けないで、何かに勇敢に立ち向かう」ということを言いたい時。

①山田選手はひざのけがをものともせず決勝戦に出ました。

②彼は体の障害をものともせず勇敢に人生に立ち向かった。

③村の人々は山で遭難した人を助けるため、風雨をものともせず出発した。

　　　　話す人自身の行為には使わない。

8 ～をよそに【～を自分とは無関係なものとして】

①手術が終わった後、子どもは親の心配をよそに、すやすやと寝入っている。

②家族の期待をよそに、彼は結局大学には入らずにアルバイト生活を続けている。

③老人や低所得者層の不安をよそに、再び増税が計画されている。

④忙しそうに働く人々をよそに、彼は一人マイペースで自分の研究に打ち込んでいた。

9 ～いざしらず【～は特別だから例外だが】

● 「～」には極端な例や特別な場合が来て、「その場合は別だが」と除外してしまう時の言い方。

①「美術館は込んでいるんじゃないかしら。」

　「土日はいざしらず、ウィークデーだから大丈夫だよ。」

②知らなかったのならいざしらず、知っていてこんなことをするなんて許せない。

③神様ならいざしらず、ふつうの人間にはあした何が起こるかさえわからない。まして

　1年先のことなんて……。

練習 　**14　無関係・無視・例外**

どちらが正しいですか。正しい方の記号に○をつけなさい。

1　コンビニエンスストアは昼夜 { a　を問わず　　　　　　　 b　のいかんにかかわらず } 営業している。

2　会長の責任問題 { a　はさておき、 b　をよそに、 } 今はどうやって会をまとめることができるか

　を考えた方がいい。

3　最近、他人がどう思うか { a　を問わず、 b　もかまわず、 } 電車の中や路上で電話をしている人

　を見かける。

4　合格するかどうか { a　をよそに、 b　はともかく、 } 一応受験してみるつもりだ。

5　サッカーの試合は天候 { a　はさておき b　のいかんによらず } 行われます。

6　面接の結果は採否 { a　にかかわらず b　はともかく } 手紙で通知します。

7　田中さんは経済的困難 { a　をものともせず b　はさておき } いつも力強く生きている。

8　山田さんの家庭事情 { a　にかかわらず、 b　をよそに、 } 会社は彼を単身赴任させた。

9　神様 { a　ならいざしらず、 b　もかまわず、 } 真犯人が誰かは結局わからないのではないか。

15 例示(れいじ)

例示

例を挙(あ)げたい時はどんな言い方がありますか。

知っていますか

a とか　b やら　c にしろ　d や　e にしても

1　日本語では、漢字やらひらがな_____、三つも文字(もじ)を覚(おぼ)えなければならい。
2　太郎(たろう)にしても次郎(じろう)_____、うちの子はどうしてみんな運動が苦手(にがて)なんだろう。
3　ただぶらぶらしていないで、本を読むとか旅行をする_____、もっと休みを有効(ゆうこう)に使ったらどうですか。
4　天ぷらを揚(あ)げるにしろ、ケーキを焼(や)く_____、料理は火加減(ひかげん)が大切だ。
5　机(つくえ)の上には資料(しりょう)や図面(ずめん)_____色鉛筆(いろえんぴつ)などが置(お)いてある。

使えますか

1　a　林(はやし)さんの部屋(へや)には大型(おおがた)テレビやらステレオやら、高そうな電気製品(せいひん)がいっぱいある。
　　b　林さんの部屋にはテレビやらステレオやら、何もない。
2　a　わたしは桜(さくら)とか梅(うめ)とかいった ┐
　　b　わたしは桜やら梅やらいった ┘ 木に咲(さ)く花が好きだ。
3　a　花子(はなこ)さんはやさしいとか親切とか、クラスでとても人気(にんき)がある。
　　b　クラスにはあき子さんとかみち子さんとか、人気者(もの)が多い。
4　大学にせよ専門(せんもん)学校にせよ、 ┌ a　あなたはどちらに行くのですか。
　　　　　　　　　　　　　　　　　　　└ b　行くなら目的(もくてき)をはっきり持ちなさい。
5　a　決(き)まったら電話するやらファックスするやらして ┐
　　b　決まったら電話するとかファックスするとかして ┘ 知らせてください。

答は次(つぎ)のページにあります。

110

例示 例を挙げたい時

2級
1 〜とか〜とか
2 〜やら〜やら
3 〜にしても〜にしても・
〜にしろ〜にしろ・
〜にせよ〜にせよ

1級
4 〜なり〜なり
5 〜といい〜といい
6 〜といわず〜といわず
7 〜であれ〜であれ

1 〜とか〜とか【〜や〜など】

●あるものごとや方法の具体例をいくつか示したい時の言い方。

①科目の中では、わたしは数学とか物理とかの理科系の科目が好きです。

②病院とか図書館とかいったところでは静かに歩きましょう。

③「親と話し合うとか先輩に相談するとかして早く進路を決めてください。」

④「夜遅くなっても、タクシーを拾うとか友達に送ってもらうとかして必ず家に帰って
来なさい。」

☞1 ③④のように方法の具体例の場合は「〜とか〜とかして」の形になる。

☞2 「〜といった」の使い方もある。

・インド料理とかタイ料理といった南の国の食べ物は辛いものが多い。

・父は「パソコン、ファミコンといったものは苦手だよ」といつも言ってい
る。

◎◎◎ 動詞の辞書形／名詞 ＋とか

2 〜やら〜やら【〜や〜など】

●まだ外にもいろいろあるが、まず１、２の例を挙げたい時に使う。

 1b 2e 3a 4c 5d 1a 2a 3b 4b 5b

①色紙は赤いの<u>やら</u>青いの<u>やら</u>いろいろあります。

②机の上には紙くず<u>やら</u>ノート<u>やら</u>のり<u>やら</u>がごちゃごちゃ置いてある。

③びっくりする<u>やら</u>悲しむ<u>やら</u>、ニュースを聞いた人たちの反応は様々だった。

④マラソンで３位に入賞した時、うれしい<u>やら</u>悔しい<u>やら</u>複雑な気持ちだった。

⭕　動詞・い形容詞の辞書形／名詞　＋やら

3　〜にしても〜にしても・〜にしろ〜にしろ・〜にせよ〜にせよ　【〜でも〜でも】

●「〜でも〜でも」と例をいくつか挙げて「その全部にあてはまる」と言いたい時に使う。

①野球<u>にしろ</u>サッカー<u>にしろ</u>、スポーツにけがはつきものです。

②動物にせよ植物にせよ、生物はみんな水がなければ生きられない。

③東京<u>にしても</u>横浜<u>にしても</u>大阪<u>にしても</u>、日本の大都市には地方から出て来た若者が

多い。

④リンさん<u>にしても</u>カンさん<u>にしても</u>、このクラスの男の人はみんな背が高い。

⑤泳ぐ<u>にしろ</u>走る<u>にしろ</u>、体を動かす時は準備運動が必要だ。

⭕　動詞の辞書形／名詞　＋にしろ　　→18課6「〜にしても・〜にしろ・〜にせよ」、

21課3「〜としても・〜にしても」、21課4「〜にしろ・〜にせよ」

4　〜なり〜なり【〜でもいい〜でもいい】

●「〜でもいい〜でもいい、何か」と考えられる例を挙げる言い方。

①「奨学金のことは先生に<u>なり</u>学生課の人に<u>なり</u>相談してみたらどうですか。」

②「黙っていないで、反対する<u>なり</u>賛成する<u>なり</u>意見を言ってください。」

③隣の部屋の人がうるさいので、朝早く起きる<u>なり</u>図書館へ行く<u>なり</u>、勉強の方法を

考えなければならない。

☞　　×いただいた魚は煮る<u>なり</u>焼く<u>なり</u>して食べました。

過去のことには使えない。

　　　○この魚は煮る<u>なり</u>焼く<u>なり</u>して食べてください。

⭕　動詞の辞書形／名詞／名詞＋助詞　＋なり

5　〜といい〜といい【〜も〜も】

●あることがらについて、いくつかの例を取り上げて「どの点から見ても〜だ」と話す人の評価を言いたい時に使う。

①デザインといい色といい、彼の作品が最優秀だと思う。

②頭のよさといい気のやさしさといい、彼はリーダーとしてふさわしい人間だ。

③リーさんといいラムさんといい、このクラスにはおもしろい人が多い。

④額の広いところといいあごの四角いところといい、この子は父親にそっくりだ。

　〔名詞〕　＋といい

6　〜といわず〜といわず【〜だけでなく〜だけでなく】

●「〜も〜もみんな」と例を挙げる。

①彼の部屋は机の上といわず下といわず、紙くずだらけです。

②手といわず足といわず、子どもは体中泥だらけで帰って来た。

③新聞記者の山田さんは国内といわず海外といわずいつも取材で飛び回っている。

④母はわたしのことが心配らしく、昼といわず夜といわず電話してくるので、ちょっとうるさくて困る。

　☞　「〜も〜も、どこも（いつも、どれも、みんな、など）」と強調して言いたい時に使う。

　〔名詞〕　＋といわず

7　〜であれ〜であれ【〜でも〜でも】　

●「〜でも〜でも」と例をいくつか挙げて「その全部にあてはまる」と言いたい時に使う。

①着るものであれ食べるものであれ、無駄な買い物はやめたいものです。

②物理学であれ化学であれ、この国は基礎研究が遅れている。

③学校教育であれ家庭教育であれ、長い目で子どもの将来を考えた方がいい。

④論文を書くのであれ、研究発表をするのであれ、十分なデータが必要だ。

名詞　＋であれ

練習

15　例示

☐の中から最も適当な言葉を選んで、その記号を＿＿＿の上に書きなさい。一つの言葉は１回しか使えません。

a　なり〜なり　　b　やら〜やら　　c　であれ〜であれ

1　パーティーでは、すし＿＿＿サンドイッチ＿＿＿食べきれないほどのごちそうが出た。

2　誰かの家に招待された時は、後でカードを送る＿＿＿電話をする＿＿＿してお礼の気持ちを表すといい。

3　ＪＲ＿＿＿私鉄＿＿＿日本の鉄道は時間が正確だ。

a　とか〜とか　　b　なり〜なり　　c　といい〜といい

4　わたしはインド＿＿＿メキシコ＿＿＿いった暑い国が好きだ。

5　駅で何か事件があったらしく、駅の中＿＿＿周辺＿＿＿人や救急車などでいっぱいだった。

6　連休には、海＿＿＿山＿＿＿、どこか空気のきれいな所へ行きたい。

a　にしても〜にしても　　b　とか〜とか　　c　といわず〜といわず

7　　東京の名所と言えば、上野＿＿＿浅草＿＿＿いった町がすぐ頭に浮かぶ。これらの町は東京の「下町」と呼ばれ、人々に親しまれている。上野には公園や美術館や動物園があり、浅草には「浅草寺」という有名なお寺がある。また、上野＿＿＿浅草＿＿＿、古くからの店がたくさん残っていて、おもしろい。特に浅草は、休日＿＿＿普段の日＿＿＿、いつも観光客でにぎわっている。

16 強調

意味を強くしたい時は、どんな言い方がありますか。

知っていますか

a など　b として　c までして　d こそ　e さえ

1　彼の極端な意見に賛成するものは、誰一人_____いなかった。
2　早く仕事が決まらないと、家賃_____払えなくなる。
3　過ちを認める勇気_____が大切だ。
4　有効期限が切れている薬_____飲まない方がいい。
5　体を壊すようなこと_____ダイエットはしたくない。

使えますか

1　a　あの人は人のわずかなミスこそ許さない

　　b　あの人は人のわずかなミスさえ許さない
　　　　　　　　　　　　　　　　　　　　　　}厳しい人だ。

2　チャーハンぐらいはわたしにも{ a　作れます。

　　　　　　　　　　　　　　　　{ b　作れません。

3　b　あの人の言うことなんか{ a　信じられない。

　　　　　　　　　　　　　　　{ b　信じられる。

4　a　今月はお金が余ったから、ビデオカメラまで買いましょう。

　　b　お金がない、ない、と言いながら、ビデオカメラまで買ったんですか。

5　わたしの意見は会議で何一つとして{ a　取り上げられた。

　　　　　　　　　　　　　　　　　　{ b　取り上げられなかった。

答は次のページにあります。

115

I 強調 その1　言葉の意味を強くしたい時

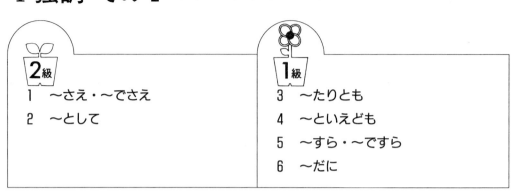

2級	1級
1　〜さえ・〜でさえ	3　〜たりとも
2　〜として	4　〜といえども
	5　〜すら・〜ですら
	6　〜だに

I・1　〜さえ・〜でさえ【〜も】

●特に極端な「〜」を取り出して「外はもちろん」と言いたい時。

①幼い息子を失った彼女は生きる希望さえなくしてしまった。

②彼は日本に3年もいるのだから会話は不自由ないが、読み書きの方はひらがなさえだめだそうだ。

③えり子は親友の花子にさえ知らせずに外国へ旅立った。

④山の上には夏でさえ雪が残っている。

◎◎◎　名詞　＋さえ

I・2　〜として【〜も】

●最小のものを挙げて、「〜も〜ない」と全否定を強く言う言い方。

①火事で焼けてしまったため、わたしの子どもの頃の写真は一枚として残っていない。

②娘が突然いなくなって以来、わたしは一日として心安らかに過ごした日はない。

③犯人が通った出入り口の近くに人が何人かいたのだが、誰一人として気がついた人はいなかった。

☞　「（疑問詞）＋1＋助数詞＋として＋〜ない」の形で使うことが多い。

 1b　2e　3d　4a　5c　　　 1b　2a　3a　4b　5b

他例　何一つとして

Ⅰ・3　～たりとも【～も】

●最小のものを挙げて、「～も～ない」と全否定を強く言う言い方。

①彼の働きぶりは一分たりとも無駄にしたくないという様子だった。
②開会式までの日数を考えると、工事は一日たりとも遅らせることはできない。
③一日２時間給水という厳しい制限の中で、この夏、水は一滴たりとも無駄にすることはできなかった。

☞　「１＋助数詞＋たりとも＋～ない」の形で使うことが多い。

Ⅰ・4　～といえども【～も】

●最小のものを挙げて、「～も～ない」と全否定を強く言う言い方。

①日本は物価が高いから、一円といえども無駄に使うことはできない。
②彼は一日といえども学校を休んだことはない。
③熱帯雨林にすむ動物たちの中には、森を離れたら一日といえども生きられない動物もあるそうだ。

☞　「１＋助数詞＋といえども＋～ない」の形で使うことが多い。
　　　　　　　　　　→18課９「～といえども」、21課５「～といえども」

Ⅰ・5　～すら・～ですら【～も／～でも】

●特に極端な「～」を取り出して「外はもちろん」と言いたい時。

①高橋さんは食事をする時間すら惜しんで、研究している。
②腰の骨を傷めて、歩くことすらできない。
③大学教授ですらわからないような数学の問題を10歳の子どもが解いたと評判になっている。

☞　１「～さえ」と同じように使う。

Ⅰ・6　〜だに【〜だけでも／〜も】

●「〜だけでも〜だ」と強調する時の表現。

①あの人との再会は、想像するだに胸がドキドキする。

②街で毒ガスをまく人がいるとは聞くだに恐ろしい話だ。

③私が賞をいただくなどとは夢にだに思わなかった。

④50年前には、今日のような日本の繁栄は想像だにしなかった。

☞1　想像する、聞く、など決まった動詞とともに慣用的に使われる例が多い。
　　　古い言い方。

☞2　③④は「〜だに〜ない」の形で「想像もしない」などと言いたい時の言い方。

Ⅱ強調　その2 言葉の意味を強くしたり弱くしたり、重くしたり軽くしたりしたい時

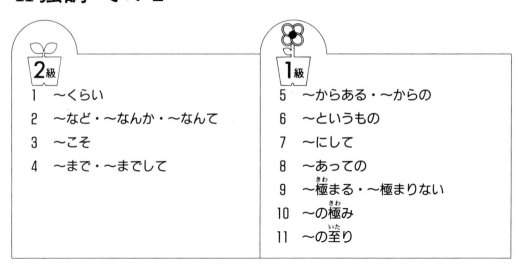

2級	
1	〜くらい
2	〜など・〜なんか・〜なんて
3	〜こそ
4	〜まで・〜までして

1級	
5	〜からある・〜からの
6	〜というもの
7	〜にして
8	〜あっての
9	〜極まる・〜極まりない
10	〜の極み
11	〜の至り

 Ⅱ・1　〜くらい【〜のような軽いこと】
●「〜」を軽く考えている（軽視する）時の言葉。

①「子どもじゃないんだから、自分の部屋ぐらい自分で掃除しなさい。」

②自分一人ぐらいはルール違反をしてもいいだろう、と思っている人が多い。

③ちょっと会ったくらいで、人のことがわかるはずはない。

II・2　〜など・〜なんか・〜なんて【〜のようなものは】

●「〜」を大切ではないと考えている（軽視する）時の言葉。

①変なにおいのする納豆など二度と食べたくない。

②こんな簡単な仕事なんか一日でできる。

③いつもうそばかりついているあんな人の言うことなんて信じられない。

☞　「〜なんか」「〜なんて」は口語的。

II・3　〜こそ

●大切なことを外と区別して強調したい時に使う。

①今年こそ大学に入れるよう、勉強します。

②「子どもがいつもお世話になっております。」

　「こちらこそ。」

③知識の量を増やすのではなく考える訓練をすることにこそ学校の存在価値がある。

☞ 1　×丸暗記こそやりたくない。

　　　×テレビゲームこそ、嫌いだ。

　　マイナスの意味での強めにはあまり使わない。

☞ 2　「〜てこそ」は「〜てはじめて」の意味。後の文は可能表現が多い。

　　　・日本シリーズで勝ってこそ日本一の投手と言えるのだから、がんばります。

　　　・スポーツでもゲームでも自分でやってこそ、おもしろさがわかる。

II・4　〜まで・〜までして【〜も／〜ても／〜もして】

●極端なことを挙げて「そんな程度の〜も」と強調したい時の言い方。

①「一番の親友のあなたまで、わたしを疑うの。」

②映画の仕事は彼が家出をしてまでやりたかったことなのだ。

③「あなたは人をだますようなことまでして、お金をもうけたいのですか。」

☞　話す人の相手への気持ちを含んだ言い方。また話す人の主張、判断、評価などを表す文が多い。

II・5　〜からある・〜からの【〜か、それ以上もある】

●数量を表す言葉につけて、多いことを強調する言い方。

①ホテルのエレベーターが故障していたので、20キロからある荷物を背負って7階まで階段を登った。

②田中さんは70歳になるのに10キロからある道を毎日歩いて通って来る。

③作業員は100枚からの窓ガラスを手際よく次々と磨いていく。

II・6　〜というもの【〜という長い間】

●期間や時間を表す言葉について、それが長いことを感情を込めて言う。

①この10年というもの、一日もあなたのことを忘れたことはありません。

②地震が起こって以来、この1週間というもの食事らしい食事は一度もしていない。

③山の中で迷ってしまい、12時間というもの飲まず食わずでぐったりしているところを救援隊に救われた。

☞　　後には継続を表す文が来る。

II・7　〜にして【〜だから／〜でも】

●「〜まで程度が高いから」または「〜ほど程度が高いのに」と言いたい時。

①人間80歳にしてはじめてわかることもある。

②こんなに無邪気で楽しい絵は、純真な子どもにしてはじめて描ける絵だ。

③この芝居は人間国宝の彼にして「難しい」と言わせるほど、演じにくいものであるらしい。

共起　　〜にしてはじめて

⊙⊙⊙　名詞　＋にして

II・8　〜あっての【〜があるから成り立つ】

●「〜があるという条件があってはじめて〜が可能」ということを強調する。

①愛あっての結婚生活だ。愛がなければ、一緒に暮らす意味がない。

②私たちはお客様あっての仕事ですから、お客様を何より大切にしています。

③交渉は相手あってのことだから、自分の都合だけ主張してもうまくいかない。

◎◎◎　名詞　＋あっての＋名詞

 II・9　〜極まる・〜極まりない【この上なく〜だ】

①電車の中などで見る最近の若い者の態度の悪いこと、まったく不愉快極まる。

②あのレストランのウエイターの態度は不作法極まる。もう二度と行くものか。

③目が合ってもあいさつもしないとは、隣の息子は失礼極まりない。

☞　話す人が感情的な言い方をする時に使われることが多い。
◎◎◎　な形容詞の語幹　＋極まる

 II・10　〜の極み【最高の〜／〜の最高だ】

①この世の幸せの極みは子や孫に囲まれて暮らすことだと言う人もいる。

②現在の祭りの極みはオリンピックだろう。

③能・狂言は日本文化のおもしろさ、深さの極みだ。

④こんなに細かく美しい竹細工があるとは！　これぞ手仕事の極み！

☞　話す人が感激してその気持ちを表す時に使われることが多い。

 II・11　〜の至り【最高の〜】

①「私のような者が、こんな立派な賞をいただくとは光栄の至りでございます。」

②私の書いたものが認めていただけるとは、感激の至りだ。

③こんな失敗をするとは、まったく赤面の至りだ。

☞　話す人が感激した時や強く感じたことを表現する時に言う。慣用的な古い表現。

16 強調(きょうちょう)

___の中から最も適当(もっと てきとう)な言葉(ことば)を選(えら)んで、その記号(きごう)を_____の上に書きなさい。一つの言葉は1回(かい)しか使えません。

---

a など　　b こそ　　c まで　　d として　　e にさえ　　f ぐらい

1　この1か月はとても忙(いそが)しくて、一日_____ゆっくり休めた日はなかった。

2　毎日、新聞_____出ないような小さな事件(じけん)が日本中(じゅう)で山ほど起(お)こっているに違(ちが)いない。

3　毎日の小さな努力(どりょく)の積み重(つ かさ)ね_____が大切だと思う。

4　1度や2度の失敗(しっぱい)_____で落(お)ち込(こ)んでいてはだめだ。

5　これについてはもう話(はな)し合(あ)う必要(ひつよう)_____ない。もう決(き)まったことだ。

6　イエスマンになって_____課長(かちょう)に気に入られようとは思わない。

---

a すら　　b たりとも　　c あっての　　d というもの　　e にして

7　経費節減(けいひせつげん)にご協力(きょうりょく)ください。コピー用紙(ようし)なども1枚(まい)_____無駄(むだ)にしないこと。

8　東京の学校に行っている息子(むすこ)から、「電気代(だい)を払(はら)うお金_____なくなった」と言って来た。困(こま)ったものだ。

9　単身赴任(たんしんふにん)の夫(おっと)から、この3週間_____、連絡(れんらく)がない。どうしたのだろうか。

10　サービス業というのは、お客(きゅう)_____仕事だから、そのことを忘(わす)れないように。

11　伝統工芸(でんとうこうげい)というのは、経験(けいけん)30年という職人(しょくにん)_____はじめて可能(かのう)な仕事が多い。

17 話題

あることを話題にする時は、どんな言い方がありますか。

知っていますか

a というのは　b というものは　c というと　d といったら

e にかけては

1　小学校＿＿＿＿、大勢の子どもたちや広い校庭が頭に浮かびます。
2　友達＿＿＿＿、ありがたいものだ。
3　入管＿＿＿＿、入国管理局の略である。
4　決勝戦で負けた時の悔しさ＿＿＿＿、言葉では表せないほどだった。
5　彼は走ること＿＿＿＿、誰にも負けないだろう。

使えますか

1　「うり二つ」というのは、二つのものが
　　　a　よく似ていることです。
　　　b　よく似ています。

2　a　外国で一人で暮らすというものは
　　b　外国で暮らすということは
　　　　　　大変ですね。

3　校則というと、
　　　a　わたしは好きではありません。
　　　b　まず、とても厳しいものを想像します。

4　この夏の暑さといったら、
　　　a　我慢できないほどだった。
　　　b　それほどでもなかった。

5　わたしは水泳にかけては、
　　　a　自信があります。
　　　b　あまり上手ではないのです。

答は次のページにあります。

話題 あることを話題にする

2級
1　〜とは・〜というのは
2　〜というものは・〜ということは
3　〜といえば
4　〜というと・〜はというと
5　〜といったら
6　〜にかけては

1級
7　〜ときたら

1　〜とは・〜というのは【〜は】

●「〜」の意味や定義（ていぎ）を言う時。

①教育ママ<u>とは</u>自分の子どもの教育（きょういく）に熱心（ねっしん）な母親（ははおや）のことです。
②水蒸気（すいじょうき）<u>というのは</u>気体（きたい）の状態（じょうたい）に変（か）わった水のことである。
③季語（きご）<u>というのは</u>季節（きせつ）を表（あらわ）す言葉（ことば）で、俳句（はいく）の中で必（かなら）ず使われるものです。

◯◯◯　名詞（めいし）　＋とは

2　〜というものは・〜ということは【〜は／〜ことは】

●本質（ほんしつ）、普遍的（ふへんてき）な性質（せいしつ）を感情（かんじょう）を込（こ）めて述（の）べるために、あることを話題にする時。

①親<u>というものは</u>ありがたいものだ。
②外国で一人で暮（く）らす大変（たいへん）さ<u>というものは</u>、経験（けいけん）しないとわからない。
③社会を変える<u>ということは</u>大変なことだなあ。

☞　後の文には話す人の感想（かんそう）、感慨（かんがい）などを表す文が来る。
◯◯◯　名詞　＋というものは　　普通形型（ふつうけいがた）　＋ということは

---

　1 c　2 b　3 a　4 d　5 e　　　1 a　2 b　3 b　4 a　5 a

124

3　〜といえば【〜を話題にすれば】

●その場の誰かが話題にしたこと、または自分の心に思い浮かんだことがらを取り上げて話題にする時の言い方。

①今年は海外旅行をする人が多かったそうです。海外旅行といえば、来年みんなでタイへ行く話が出ています。

②子どもの頃、川にホタルをとりに行ったことを思い出す。ホタルといえば、先日「ホタルの光、窓の雪」という歌を聞いたが、あれはいい歌だと思う。

③「きのうの台風はすごかったねえ。記録的な大雨だったようですよ。」
　「記録的といえば、今年の暑さも相当でしたね。」

4　〜というと A【〜という言い方をすると】

●「〜」を話題にした時、すぐ連想されることを言う時。

①この町に新しく病院ができた。病院というとただ四角いだけの建物を想像するが、この病院はカントリーホテルという感じのものだ。

②わたしは毎日建設会社に通勤しています。通勤しているというとラッシュアワーの混雑を想像するでしょうが、会社は家から歩いて10分ほどのところなんです。

〜というと B【あなたが今言った〜は】
●相手の言った言葉が自分の思っているのと同じかどうか確かめる時に使う。

①「林さんが結婚したそうです。あいさつ状がきました。」
　「林さんというと、前にここの受付をしていた林さんのことですか。」

②「リーさんは荷物を整理して、もう国へ帰りました。」
　「というと、もう日本には戻らないということでしょうか。」

〜はというと C【一方〜はどうかというと】
●あることを対比的に話題として取り上げる言い方。

①父も母ものんびり過ごしています。わたしはというと、毎日馬か牛のようにただ忙しく働いています。

②ここ10年間で保育所の数は大幅に増えたようだ。しかし、わたしの地域はというと、まったく増えていない。

5 〜といったら【〜は】
●驚いたり、あきれたり、感動したりなどの感情をもって話題にする時。

①あの学生のまじめささといったら、教師の方が頭が下がる。

②広いキャンパスや市民開放のプールなど、この大学の施設といったら驚くものばかりです。

③山の中の一軒家にたった一人で泊まったんです。あの時の怖ささといったら、今思い出してもゾッとします。

◎◎◎　　名詞　＋といったら　　　→27課Ⅰ・6「〜といったらない・〜といったらありはしない」

6 〜にかけては【〜では】
●「〜の素質や能力に関しては自信がある、外より優れている」と言いたい時。

①あの方は事務処理にかけてはすばらしい能力をもっています。

②水泳部員は50人もいるけれど、飛び込みのフォームの美しさにかけては、あの選手の右に出るものはいない。

③足の速ささにかけては自信があったのですが、若い人にはもうかないません。

◎◎◎　　名詞　＋にかけては

7 〜ときたら【〜は】

●非難、不満の気持ちをもって話題にする時に使う。

①「お宅の息子さんは外でよく遊んでいいですね。うちの子ときたらテレビの前から動かないんですよ。」

②周りの家はみんなきれいなのに、わが家ときたら草がいっぱい生えているし、へいも壊れかけている。

③この自動販売機ときたらよく故障する。取り替えた方がいいと思う。

◌◌◌　名詞　＋ときたら

練習　　17　話題

A　□の中の言葉を使って、下の文を完成しなさい。一つの言葉は１回しか使えません。

a　というものは	b　というと
c　はというと	
d　といったら	e　にかけては
f　ときたら	

I　時間 1_____ 早くたってしまうものだ。今はもう秋。あたたかいお風呂がうれしい季節だ。お風呂といえば、去年行った温泉を思い出す。温泉 2_____ 大きなお風呂を思い浮かべるが、その温泉は小さなお風呂が二つあるだけだった。しかし、そのお風呂に入った時の気持ちのよさ 3_____ 今でも忘れられない。宿の主人は「料理 4_____、この辺ではここが一番だ」と自慢していた。客たちはのんびり楽しんでいたが、わたし 5_____、一日中机に向かって原稿を書いていた。本当は自分のうちで書いた方がいいのだが、わが家 6_____、いつも人が出たり入ったりして、とてもうるさいのだ。今年もまたぜひ行きたい。

II　弟や妹たちは今夏休みだが、サラリーマンのわたし 1_____、毎日会社勤めだ。会社 2_____、立派な建物を想像する人が多いが、わたしの会社はマンションの一室である。マンションといえば、林さんが今のマンションを売りたいと言っていた。そういうこと 3_____ わたしは腕のいいセールスマンだから、林さんの力になってあげられると思う。セールスマン 4_____、このように常に売り買いを考えているのだ。土曜も日曜もない。それにうちの社長 5_____、命令ばかりしているのだが、それでもわたしはこの仕事が好きだ。契約が成立した時のうれしさ 6_____ 何ともいえない。

B ☐の中の言葉を使って、文を完成しなさい。一つの言葉は１回しか使えません。

| a 家族　　b 音楽を聴く　　c うちの弟　　d 猫舌 |
| e 都市部の住宅難　　f ビザ延長の手続き |

1 _____というのは、どんな意味でしょうか。

2 _____というものはありがたいものだ。

3 _____ということは楽しいことだ。

4 _____というと、まず複雑でめんどうだというイメージを持つ。

5 _____といったら驚くほどだ。

6 _____ときたら、人に迷惑ばかりかけている。

128

逆接・譲歩

逆接・譲歩

前の文のことから考えて、当然とは言えないことを言いたい時は、どんな言い方がありますか。

知っていますか

a くせに　b にもかかわらず　c といっても　d ながら　e ものの

1 今日は休日だった_____、連日の雨で行楽地はどこも空いていた。

2 必ず来ると約束した_____来ないとは、本当にあいつは信頼できない。

3 この辺は都心であり_____、緑も多く、街の騒音も聞こえないすばらしい住宅地です。

4 入院した_____、検査のためだけです。

5 昼間は全体に晴れる_____、北風が強く気温は上がらないでしょう。(天気予報)

使えますか

1 a いろいろなことを考えていながら、散歩するのは楽しい。

　 b 毎日、運動をしていながら、ちっともやせない。

2 彼は通勤に20分しかかからない所に住んでいるくせに、　{ a 遅刻が多い。
　　　　　　　　　　　　　　　　　　　　　　　　　　　　 b 遅刻はしない。

3 a 気をつけてはいたものの、
　 b 気をつけてはいたくせに、　} かぜをひいてしまった。

4 新入社員であるにしても、　{ a 彼は仕事が遅すぎる。
　　　　　　　　　　　　　　 b 彼は仕事が速い。

5 a 先生が見るなと言いつつ、
　 b 悪いと知りつつ、　} 試験でやっぱり友達の答を見てしまった。

答は次のページにあります。

逆接・譲歩 前の文のことから考えて当然とは言えないことを言いたい時

2級

1　～ながら
2　～くせに・～くせして
3　～つつ・～つつも
4　～ものの・～とはいうものの
5　～にもかかわらず
6　～にしても・～にしろ・～にせよ
7　～といっても
8　～からといって

1級

9　～といえども
10　～とはいえ
11　～ながらも
12　～ところを
13　～ものを
14　～と思いきや

　1　～ながら【～のに／～だが】

● 「～から予想されることがらとは違って実際はこうだ」と言いたい時。

①彼は金持ちでありながら、とても地味な生活をしている。

②お手紙をいただいていながら、お返事もさしあげずに失礼いたしました。

③一郎という子は、子どもながら将棋では大人も勝てないほど強い。

④残念ながら、わたしたちのチームは負けてしまった。

⑤父は耳が少し不自由ながら、体は非常に元気です。

☞　「～」には状態性の動詞や「～ている」の形、形容詞、名詞なども来る。
　　⑤のように一つの話題についてなら、前の文と後の文で主語が違ってもいい。

他例　勝手ながら、いやいやながら、陰ながら、及ばずながら

⚬⚬⚬　動詞の（ます）形／い形容詞の現在形　＋ながら

　　な形容詞（＋であり）／名詞（＋であり）　＋ながら

→ 7 課10「～ながら・～ながらに・～ながらの」

---

　1 b　2 a　3 d　4 c　5 e　　　　　1 b　2 a　3 a　4 a　5 b

130

2　～くせに・～くせして【～のに】

●悪い点を非難したり、軽蔑したりする気持ちや意外な気持ち、不満を表す時。

①本当のことを何も知らないくせに、わかっているようなことをいうものではない。

②和男は二十歳にもなったくせに、まだ親に部屋の掃除をしてもらっている。

③今度入社した人は、新人のくせにあいさつもしない。

④あの人はお金もないくせに、旅行ばかりしている。

☞　　「～くせに」の前後の文は、主語が同じ。

⚭⚭　　連体修飾型　＋くせに

3　～つつ・～つつも【～ているのだが】

①悪いと知りつつ、友達の宿題の答を書いてそのまま出してしまった。

②毎日お返事を書かかなければと思いつつも、今日まで日がたってしまいました。

③悪いと知りつつも、ごみを分別せずに捨ててしまう。

④顔色の悪い佐藤さんのことが気になりつつも、急いでいたので何も聞かずに帰って来

　てしまった。

☞　　話す人が反省したり後悔したり告白したりする場合に使われることが多い。

⚭⚭　　動詞の（ます）形　＋つつ　　　　　　　　　　　　→7課2「～つつ」

4　～ものの・～とはいうものの【～けれども／～のに】

●「～のことがらは一応本当なのだが、そのことから考えられる通りにはいかない」と
言いたい時に使う。

①頭ではわかっているものの、実際に使い方を言葉で説明するのは難しい。

②コンピューターの使い方は専門家の兄に聞けばいいと思うものの、兄はいつも忙しい

　ので聞きにくい。

③立春とはいうものの、春はまだ遠い。

④オリンピックは「参加することに意義がある」とはいうものの、やはり自分の国の選

　手には勝ってほしいと思う。

5　～にもかかわらず【～のに、それでも】

●「～の事実から予想されることとは違った結果になる」と言いたい時。

①耳が不自由というハンディキャップがある<u>にもかかわらず</u>、彼は優秀な成績で大学を卒業した。

②「本日は雨<u>にもかかわらず</u>大勢の方々がお集まりくださって本当にありがとうございました。」

③あれだけ多くの人がいた<u>にもかかわらず</u>、犯人の顔を見た人は一人もいなかった。

☞　　後の文は話す人の驚き、意外、不満、非難などの気持ちを表す文が多い。

∞∞∞　　名詞／普通形型（な形容詞と名詞は「である型」。ただし、「である」がない場合もある）　＋にもかかわらず　　→14課2「～にかかわらず・～に（は）かかわりなく」

6　～にしても・～にしろ・～にせよ【～のはわかるが、しかし】

①あの人は一日中忙しかった<u>にしても</u>、「今日は帰れない」という電話をかける時間ぐらいあったと思う。

②今度の事件とは関係がなかった<u>にしろ</u>、あのグループの人たちが危ないことをしているのは確かだ。

③西さんほどではない<u>にせよ</u>、林さんだってときどき遅れて来る。

☞　　後の文には話す人の意見、不審や納得できない気持ち、非難、判断、評価が来ることが多い。

∞∞∞　　名詞／普通形型（な形容詞と名詞は「である型」。ただし、「である」がない場合もある）　＋にしても
→15課3「～にしても～にしても・～にしろ～にしろ・～にせよ～にせよ」、
21課3「～としても・～にしても」、21課4「～にしろ・～にせよ」

7　～といっても【～というけれども、実は】

●「～から期待されるものと違って、実は～だ」と説明をする時の言い方。

①わたしの住んでいるところはマンションといっても9戸だけの小さなものです。

②入学金は高いといっても払えない額ではなかった。

③アフリカで暮らしたことがあるといっても、実は3か月だけなんです。

④彼はロシア語ができるといっても日常会話だけで、読んだり書いたりはだめだ。

☞　　ふつう後の文には、話す人の意見、判断などの文が来ることが多い。

◯◯◯　名詞／普通形型　＋といっても

8　～からといって【～ということから当然考えられることとは違って】

①大学を出たからといって、必ずしも教養があるとは言えない。

②アメリカに住んでいたからといって、英語がうまいとは限らない。

③「幼いからといって油断するな。あの子は将棋じゃ大人を負かすほど強いぞ。」

④「あの人はお金持ちだから、きっと寄付してくれるよ。」

　「金持ちだからって、寄付をしてくれるとは限らないよ。」

☞1　後の文には「～わけではない、～とは限らない、～というわけではない」など
　　　の部分否定の文が来ることが多い。話す人の判断や、批判を言う時によく使う。

☞2　「～からって」は口語。

◯◯◯　普通形型　＋からといって

9　～といえども【～だが／～とはいっても】

●特別な立場の人やものや場合を取り上げ、「～だが、それでも」と言う時。

①祖父は88歳といえども、まだまだやる気十分だ。

②副主任といえども、彼は監督者だったのだから、事故の責任は逃れられない。

③彼は暴力で友達から金を取り上げるということをしたのだから、未成年といえども
　罰を受けるべきだ。

◯◯◯　名詞／普通形型　＋といえども　　　→16課Ⅰ・4「～といえども」、21課5「～といえども」

10　～とはいえ【～けれども】

●「～」から受ける印象や特徴の一部を否定して実際のことを説明する表現。

①彼は留学生とはいえ、日本語を読む力はふつうの日本人とほとんど同じです。

②ここは山の中とはいえ、コンピューターもファックスもあるから不便は感じない。

③新聞に書いてあるとはいえ、これがどこまで本当のことかはわからない。

④梅雨が明けたとはいえ、朝夕は涼しくて少し寒いくらいだ。

☞　ふつう後の文には話す人の意見、判断などの文が来ることが多い。

◯◯◯　名詞／普通形型　＋とはいえ

11　～ながらも【～けれども／～のに】

①今月引っ越したばかりの新しい事務所は狭いながらも駅に近いので満足している。

②彼は豊かな音楽の才能に恵まれながらも、その才能を十分に生かせないうちに病に倒れ、32歳で亡くなってしまった。

③ミレーはあれほど多くの優れた作品を残しながらも、当時は絵が売れず生活は非常に貧しかったという。

☞　1「～ながら」より硬い表現。使い方や意味は同じ。

◯◯◯　1「～ながら」と同じ。　　　　→ 7課10「～ながら・～ながらに・～ながらの」

12　～ところを【～のに／～だったのに】

● 「～という状況なのに～した」と言いたい時。

①「お忙しいところをご出席くださり、ありがとうございました。」

②あの人は疲れているところを、わたしのためにいろいろ調べてくれた。

③黙っていてもいいところを彼は「ぼくがやりました」と自分から正直に言った。

④お世話になった方が病気と聞き、すぐにお見舞いに行くべきところを、外国にいたためお見舞いにも行けなかった。

☞　話す人の感謝や後悔などの感情のこもった言い方が多い。あいさつの時の慣用表現が多い。

他例　お疲れのところを、ご多忙のところを、おやすみのところを

◯◯◯　連体修飾型　＋ところを

13 ～ものを【～のに】

●不満、恨み、非難、後悔、残念な気持ちを込めて言う時の言い方。

①先輩があんなに親切に言ってくれる<u>ものを</u>、彼はどうして断るのだろう。

②「知っていれば教えてあげた<u>ものを</u>。知らなかったんです……。ごめんなさい。」

③夏の間にもう少し作業を進めていればよかった<u>ものを</u>。怠けていたものだから、今に
なって、締め切りに追われて苦しんでいる。

④あの時、薬さえあれば彼は助かった<u>ものを</u>。

☞　②③④のように、期待とは違ってしまった現実を悔やんだり、不満に思ったり
した時によく使われる。④の例のように、後の文が省略される場合が多い。

〇〇〇 連体修飾型（「名詞＋の」の形はない）　＋ものを

14 ～と思いきや【～かと思ったら、そうではなく】

●「ふつうに予想すると～だが、この場合は～ではなかった」と意外な気持ちを表す。

①父は頑固だから兄の結婚には反対する<u>かと思いきや</u>、何も言わずに賛成した。

②彼はマリにあんなに会いたがっていたんだから帰国したらすぐに彼女のところに行く
<u>かと思いきや</u>、なかなか行かない。どうしたんだろう。

③父親が大酒飲みだったから彼もどんなにたくさん飲むのだろう<u>と思いきや</u>、一滴も飲
めないんだそうだ。

☞　公式の文や論文などの硬い文章にはあまり使われない。

練習
18 逆接・譲歩

A　□の中から適当な語を選んで、次の文の下線の言葉を言い換えなさい。記号で答
えなさい。一つの言葉は1回しか使えません。

a とはいえ	b のところを	c にもかかわらず
d にしても	e しながらも	

1 悪天候なのに、それでも大勢の人が30キロのウォーキング大会に参加した。

（　　　　　）

2 「お金がないのはわかるが、食事ぐらいはちゃんと食べなさい」と母に言われた。

（　　　　　）

3 あの会社は小規模だけれども、なかなかいい業績をあげている。

（　　　　　）

4 お疲れなのに、わざわざ来てくださって、すみません。

（　　　　　）

5 うちの父はテレビの批判をするけれども、それでも、毎日見ている。

（　　　　　）

B ☐の中の言葉を使って文を完成しなさい。一つの言葉は1回しか使えません。

a といっても	b くせに	c からといって	d ながら
e ものの	f ものを	g と思いきや	h つつも

　ぼくは、母が音楽家であり1＿＿＿＿、今まで特に音楽に興味がなかった。「音楽家の親がいる2＿＿＿＿何も楽器がひけないのか」と友達に言われて、最近、ギターでもひけるようになりたいと思うようになった。友達が「一口にギター3＿＿＿＿いろいろあるから、一度見に行ってみたら」と言うので、ある日、秋葉原の楽器店へ行ってみた。ギターはさぞかし高いだろう4＿＿＿＿、ぼくにも買えそうな安いのもあった。ぼくが安いギターばかり見ていたら、店員が「初心者だ5＿＿＿＿安い楽器でいいというわけじゃありませんよ」と言う。ぼくは「なるほど」とは思った6＿＿＿＿、やはり経済状況を考えて安めのを買った。さて、練習は……せっかく楽器を手に入れたのだから、早く上手になりたいと思い7＿＿＿＿、なかなか練習の時間がとれない。その上、母に「このギター、あまり音がよくないわね」と言われてしまった。あの店員のアドバイスを聞いていればよかった8＿＿＿＿と、ちょっと後悔している。

19 原因・理由

ものごとがそうなったわけや、そのように感じたり考えたり判断したりするわけなどを言う時は、どんな言い方がありますか。

知っていますか

a ことだから　b 以上　c ばかりに　d おかげで　e だけに

1 「わたしがやる」と約束した_____、何があっても最後までやります。

2 あのまじめな林さんの_____、約束の時間を守らないということはないだろう。

3 心配していた_____、無事だという知らせを聞いて本当にうれしかった。

4 漫画家なんかになった_____、いつも雑誌の締め切りに追われて忙しい。

5 先輩の_____、新入社員のぼくも会社に早く慣れることができた。

使えますか

1 これだけ資金をつぎ込んだからには、
　a 失敗は許されない。
　b 失敗するだろう。

2 部屋の電気が消えているところを見ると、
　a 田中さんは留守だった。
　b 田中さんは留守だろう。

3 はじめに水を1cc加えなかったばかりに、
　a 実験は失敗してしまった。
　b 実験は成功するだろう。

4 子どもの頃、重い病気をしたせいで、
　a わたしは今でも体が弱い。
　b 今からでもがんばろう。

5 リンさんはさすが漫画家だけあって
　a 人の表情をかくのがうまい。
　b 不規則な生活をしている。

答は次のページにあります。

I 原因・理由 その1 そうなったわけやそう思うわけを言いたい時

2級
1　～によって・～による
2　～から・～ことから・
　　～ところから
3　～からこそ
4　～につき

1級
5　～こととて
6　～とあって
7　～ゆえ（に）・～ゆえの

I・1　～によって・～による【～が原因で】

①この店は一昨年からの不景気によってついに店を閉めることとなった。
②女性の社会進出が進んだことにより、女性の社会的地位もだんだん向上してきた。
③地震による被害者は6千人以上になるようだ。

◯◯◯　　名詞　＋によって　　　　　　　　　　→13課1「～によって・～による」

I・2　～から・～ことから・～ところから【～が原因で／～が理由で】

①たばこの火の不始末から火事になった。
②友人の無責任なひとことから、彼女は会社にいられなくなって会社をやめた。
③この辺は桜の木が多いことから、桜木町と呼ばれるようになった。
④彼女はアラビア語ができるということから、オリンピックの通訳に推薦された。
⑤灰皿に煙の立っている吸い殻が残っていたところから、犯人はまだ遠くへは行っていないと思われる。

☞　　「～ところから」は外にも理由があると思われる、という気持ちが加わる。
◯◯◯　　名詞　＋から　　連体修飾型（「名詞＋の」の形はない）　＋ことから

 　1b　2a　3e　4c　5d　　　　 　1a　2b　3a　4a　5a

Ⅰ・3　〜からこそ A【〜から】

● 「〜」がただ一つの理由であり、大切であることを強調したい時に使う。

①「あなただからこそ、話すのです。外の人には言いませんよ。」

②彼は数学や英語の成績がよかったからこそ、合格できたのでしょう。

③先生に手術をしていただいたからこそ、再び歩けるようになったのです。

☞1　「〜からこそ、〜のだ。」という形の使い方が多い。

☞2　×努力しなかったからこそ、合格できなかったのですよ。

　　　　マイナスの意味を強める時にはあまり使われない。

〜からこそ B【〜から、かえって】

● 常識に反する理由だが、その理由を特に言いたい時の言い方。

①かわいいと思っているからこそ、厳しくしつけるのです。

②知らない人ばかりだったからこそ、言いにくいことも言うことができたのだ。

③雨だからこそ、うちにいたくない。雨の日にうちにいるのは寂しすぎる。

 Ⅰ・4　〜につき【〜のため】

①店内改装中につき、しばらく休業いたします。

②本日は祭日につき、休業。

③この手紙は料金不足につき、返送されました。（郵便局からの通知）

☞　　お知らせ、掲示、張り紙など、通知の文の決まった言い方。

◎◎◎　名詞　＋につき

 Ⅰ・5　〜こととて【〜ことだから】

①「世間知らずの若者のしたこととて、どうぞ許してやってください。」

②「山の中の村のこととて上等な料理などございませんが……。」

③子どものこととて、何を聞いても泣いてばかりいる。

◎◎◎　連体修飾型　＋こととて

Ⅰ・6　～とあって【～ということで／～ので】

●「～ので～だ」という観察などを言いたい時。

①外国へ行くのは初めてとあって、会員たちはみんな興奮していた。

②歳末大売り出しが始まったが、不景気とあって、デパートの人出はよくなかった。

③久しぶりの晴天の休日とあって、山は紅葉を楽しむ人でいっぱいだ。

④苦しい練習を越えての優勝とあって、どの選手の顔も喜びにあふれていた。

☞　　後の文では特別な様子や状況についての話す人の観察を言う。

Ⅰ・7　～ゆえ（に）・～ゆえの【～から／～のため】

①円高ゆえ、今年の夏休みに海外に出かけた人々は例年より多かった。

②新しい仕事は慣れぬことゆえ、失敗ばかりしております。（手紙文）

③当時は貧しさゆえに、小学校に行けない子どももいた。

④犯行の原因は家族の愛情が乏しかったゆえのことだろうか。

☞　　少し古い文語的な表現。

◎◎◎　名詞（＋の）／連体修飾型（「な」と「の」がない場合もある）　＋ゆえに

Ⅱ原因・理由　その2　そうなったわけ、またはある判断をするわけを言いたい時

2級

1　～おかげで・～おかげか・
　　～おかげだ

2　～せいで・～せいか・～せいだ

3　～ものだから・～もので・～もの

4　～ばかりに

5　～だけに・～だけの

6　～だけあって

7　～あまり・～のあまり・
　　あまりの～に

1級

8　～ばこそ

II・1　〜おかげで・〜おかげか・〜おかげだ【〜の助けで】

● 「〜の助けがあったので、よい結果になった」と感謝の気持ちで言う時。

①母は最近新しく発売された新薬のおかげで、ずいぶん元気になりました。

②彼がけさ電話をかけてきてくれたおかげで、遅刻しないですんだ。

③夜の道路工事が終わったおかげか、昨夜はいつもよりよく寝られた。

④今日、私が指揮者として成功できたのは斉藤先生の厳しいご指導のおかげです。

◎◎◎　連体修飾型　＋おかげで

II・2　〜せいで・〜せいか・〜せいだ【〜が原因で】

● 「〜の原因で、悪い結果となった」と言いたい時の言い方。

①林さんが急に休んだせいで、今日は3時間も残業しなければならなかった。

②マリが授業中に何回も話しかけてくる。そのせいでわたしまで先生に叱られてしまう。

③タンさんは最近体の具合が悪いと聞いているが、気のせいか、顔色が悪く見える。

④兄さんが今日晩御飯を全然食べなかったのは病気のせいだと思う。

◎◎◎　連体修飾型　＋せいで

II・3　〜ものだから・〜もので・〜もの【〜ので】

●個人的な言いわけを言いたい時によく使う言い方。

①先生「どうして遅刻したんですか。」

　学生「目覚まし時計が壊れていたものですから。」

②姉「あっ、わたしのベストまた着てる。どうして、黙って着るの。」

　妹「だって、これ、好きなんだもん。それに、お姉さん、いなかったし……。」

③今週は忙しかったもので、お返事するのがつい遅くなってしまいました。（手紙文）

◎◎◎　連体修飾型（「名詞＋の」は「名詞＋な」になることが多い）　＋ものだから

II・4　〜ばかりに【〜ことが原因で】

● 「そんなことが原因で、悪い結果となってしまった」と言いたい時に使う。

①注意を忘れてちょっと生水を飲んだばかりに、おなかを悪くしてしまった。

②パスポートを取りに行ったが、はんこを忘れたばかりに、もらえなかった。

③コンピューターの知識がないばかりに、社内の希望の課に行けなかった。

☞ 　後には悪い結果の文が来る。当然、「〜するつもり」など人の意志を表す文は来ない。話す人の後悔の気持ち、残念な気持ちを表す。

〇〇〇 連体修飾型（「名詞＋の」の形はない）　＋ばかりに

II・5　〜だけに・〜だけの　A【〜ので、それにふさわしく】

● 「〜ので、当然のことだが」と言いたい時。

①連休だけに、道路は行楽地へ向かう車でいっぱいだ。

②辻さんは子どもの時からイギリスで教育を受けただけに、きれいな英語を話す。

③さすがスピーチ大会で優勝したタンさんだけのことはある。今日のパーティーのスピーチもとても上手だった。

☞ 　前の文で理由となる事実を言い、後の文では「その価値、能力にふさわしく〜だ」と当然出てくる評価や判断などを強調して言う。

共起　さすが〜だけに

〜だけに・〜だけの　B【〜ので、もっと】

● 「〜ので、〜ふつう以上に」という意味。

①父は年をとっているだけに、病気をすると心配だ。

②この都市には電車がないだけに、市民生活にとってよい道路が大切なのです。

③体調が悪くてあきらめていただけに、今日の優勝は特にうれしい。

〇〇〇 連体修飾型（「名詞＋の」の形はない）　＋だけに

II・6　〜だけあって【〜ので、それにふさわしく】

● 「その才能や身分にふさわしく〜だ」と感心したり、ほめたりする時の言い方。

①ここは一流ホテルだけあって、サービスがとてもいい。

②さすがオリンピックの選手だけあって、期待どおりの見事な演技を見せてくれた。

③10年もフランスに住んでいた<u>だけあって</u>、彼女は洋服のセンスがよい。

共起　さすが～だけあって

5「～だけに」と同じ。

 II・7　～あまり・～のあまり・あまりの～に【～すぎるので／あまり～ので】

●「～すぎるので、ふつうでない状態やよくない結果になった」と言う時の表現。

①今のオリンピックは勝ち負けにこだわる<u>あまり</u>、スポーツマンシップの大切なものを

　なくしているのではないか。

②問題は簡単だったのに、考えすぎた<u>あまり</u>、間違えてしまった。

③夫が突然の事故で亡くなったので、彼女は悲しみの<u>あまり</u>仕事が手につかなくなっ

　てしまった。

④合格の知らせを聞いて、彼女はうれしさの<u>あまり</u>泣き出した。

⑤今年の夏は<u>あまりの</u>暑さに食欲もなくなってしまった。

☞　「～のあまり」の「～」には感情を表す言葉が来る。「あまりの～に」の「～」
　には形容詞に「さ」がついた名詞が来ることが多い。

他例　驚きのあまり、心配のあまり、感激のあまり、懐かしさのあまり

他例　あまりの難しさに、あまりのやさしさに、あまりの寒さに、あまりの寂しさに

連体修飾型（肯定形だけ）　＋あまり　　あまりの＋名詞＋に

 II・8　～ばこそ【～から】

●「～から～のだ。ほかの理由ではない」と言いたい時に使う表現。

①君の将来を考えれ<u>ばこそ</u>、忠告するのだ。

②音楽があれ<u>ばこそ</u>、こうして生きていく希望も湧いてくる。

③私が勤めを続けられるのも、近所に子どもの世話をしてくれる人がいれ<u>ばこそ</u>だ。

④練習が楽しけれ<u>ばこそ</u>、もっとがんばろうという気持ちにもなれるのだ。

☞　話す人の積極的な姿勢の理由を強く言う言い方。「～」は状態の表現が多い。

III 原因・理由　その3　決心、判断、推量などをする時の理由を言いたい時

2級
1　〜以上（は）
2　〜上は
3　〜からは・〜からには
4　〜ことだから・〜ことだ
5　〜ところをみると

1級
6　〜ではあるまいし

III・1　〜以上（は）【〜のだから】

●「〜のだから、当然」と理由を言い、話す人の判断、決意、勧めなどを言う時。

①約束した以上、約束は守るべきだと思う。

②この学校に入学した以上、校則は守らなければならない。

③学生である以上は、勉強を第一にしなさい。

☞　　後の文には推量、判断、決意、心構え（「〜べきだ、〜つもりだ、〜はずだ、〜にちがいない、〜てはいけない」など）のような話す人の意志の表れた言い方、または勧め、禁止などの話し相手へ働きかける言い方がよく使われる。このことは2「〜上は」、3「〜からは・〜からには」も同じ。

◯◯◯　連体修飾型（「名詞＋の」の形はない）　＋以上（は）

III・2　〜上は【〜のだから】

●「〜のだから当然」と理由を言い、話す人の判断、決意、勧めなどを言う時。

①社長が決断した上は、我々社員はやるしかない。
②実行する上は、十分な準備が必要だ。
③やろうと決心した上は、たとえ結果が悪くても全力をつくすだけだ。
④親元を離れる上は、十分な覚悟をしてもらいたい。

☞　　1「〜以上（は）」の☞を参照。
◯◯◯　連体修飾型　＋上は

III・3　～からは・～からには【～のなら／～のだから】

● 「～のなら、当然」と理由を言い、話す人の判断、決意、勧めなどを言う時。

①ひきうけたからは責任があるのだ。

② 「やるからには、最後までやれ。」

③日本に来たからには、日本のことを徹底的に知りたい。

④こちらからお願いするからには、できるだけのお礼をさせていただきます。

☞　　I「～以上（は）」の☞を参照。

∞∞　普通形型（な形容詞と名詞は「である型」）　＋からは

III・4　～ことだから・～ことだ【～なのだから】

● お互いにわかっている「～」から判断して、推量したことを言う時に使う。

①戦争中のことだから、何が起こるかわからない。

② 「林さん、遅いですね。来ないんでしょうか。」

　「いや、いつも遅く来る彼のことだ。きっと20分ぐらいしたら来るよ。」

③健のことだ。怒ってカッとなったら、何をするかわからない。

☞　　前の文で、話す人の主観的な判断のわけを言う。③のように話す人と聞く人の
　　　間でお互いにわかっていること（この場合は健の性格）は省略されることが多
　　　い。

∞∞　名詞＋の　＋ことだから

III・5　～ところをみると【～から判断すると】

● 「～の様子を見て～と推測される」と言いたい時に使う。

①部屋の電気がついているところをみると、森さんはまだ起きているようだ。

②互いに遠慮し合っているところをみると、あの二人はそう親しい関係ではないのだろ
　う。

③今回の募集に対して、予想以上に申し込みが多かったところをみると、この企画は成
　功するかもしれない。

☞　後の文は推量や断定の表現が来る。

◯◯◯　連体修飾型　＋ところをみると

 III・6　～ではあるまいし【～ではないのだから】

●「～ではないのだから、当然」と言いたい時の表現。

①神様ではあるまいし、10年後のことなんかわたしにわかるはずはありません。

②子ども「この虫とこの虫はよく似ているけど、どこが違うの。」

　母　　「学者じゃあるまいし、そんな難しいことはママにはわからないわ。」

③学生「先生、この申込書、どう書けばいいのですか。」

　先生「えっ、外国語で書くのじゃあるまいし、あなたの母国語で書けばいいんだから
　　　大丈夫でしょう。」

☞　　後の文には、相手に対する話す人の判断や、主張、話し相手への忠告、勧めな
　　　どが来る。いくらか口語的な表現。

練習　19　原因・理由

A　□の中から最も適当な言葉を選んで、その記号を＿＿＿の上に書きなさい。一つ
の言葉は１回しか使えません。

> a　につき　　b　による　　c　ゆえに　　d　ところから　　e　とあって

1　事故＿＿＿＿電車の遅れは15分程度ということだった。

2　今日は「成人の日」＿＿＿＿着物やスーツでおしゃれをした若者が多い。

3　この山は姿が富士山に似ている＿＿＿＿、「信濃富士」と呼ばれている。

4　「道路工事中＿＿＿＿、足元にご注意ください。」

5　彼は病弱だった＿＿＿＿希望の道に進めなかった。

a から	b こととて	c あまりの	d 上は	e ことだ

6　このように方針を決めた_____、もう後は迷わずやるだけだ。

7　（寮で）「田中、遅いなあ。もう12時だぞ。」

　　　　　　「あいつの_____。またどこかで飲んでいるんだろう。」

8　まだこの辺りに不慣れな_____、周りの方にご迷惑ばかりかけております。✉

9　間違った情報_____ひどい目にあった人が大勢いるようだ。

10　フルートをちょっと習ってみたが、_____難しさについにやめてしまった。

a だけあって	b 以上	c によって	d せいか	e もの

11　寝る前にお茶を飲んだ_____、ゆうべはなかなか眠れなかった。

12　これは昔のイタリアの名人が作った楽器_____、すばらしい音が出る。

13　親に高いギターを買ってもらった_____、上手にならなきゃ申し訳ない。

14　母「また、Tシャツ買ってきたの。たくさんあるじゃないの。」

　　娘「だって、こんなのほしかったんだ_____。」

15　今回の規則改正_____、会の運営方法が大きく変わった。

B　☐の中から適当なものを選んで、（　　　　）の言葉と一緒に使い、前の文と後の文をつなげなさい。一つの言葉は1回しか使えません。

a あまり	b おかげで	c ばかりに	d だけに	e からこそ

（よかった）

1　姉の教え方が＿＿＿＿＿＿＿＿＿＿＿＿＿＿＿＿、英語の成績が上がった。

（うれしさ）

2　母は弟のけががたいしたことはないと聞いて、＿＿＿＿＿＿＿＿＿＿＿＿＿泣き

出してしまった。

（買う）

3 無理して新車を＿＿＿＿＿＿＿＿＿＿＿＿＿＿＿、しばらくは旅行もできない。

（好きなもの）

4 自分が＿＿＿＿＿＿＿＿＿＿＿＿＿あげるのです。嫌いなものをあげたりしません。

（春休み）

5 今は＿＿＿＿＿＿＿＿＿＿＿＿＿、電車の中や街に子どもたちの姿が目立つ。

```
a ことだから    b からには    c ばこそ
d ではあるまいし    e ところをみると
```

（大金持ち）

6 ＿＿＿＿＿＿＿＿＿＿＿＿＿＿＿、100万円もする楽器は買えない。

（買ってもらった）

7 新しいピアノを＿＿＿＿＿＿＿＿＿＿＿＿＿、一生懸命練習して上手にならなくては。

（田中さん）

8 お酒が好きな＿＿＿＿＿＿＿＿＿＿＿＿＿、このワインをあげたら、さぞ喜ぶだろう。

（している）

9 青い顔を＿＿＿＿＿＿＿＿＿＿＿＿＿、あき子さんはどこか具合が悪いに違いない。

（心配する）

10 あなたのことを＿＿＿＿＿＿＿＿＿＿＿＿＿、今、厳しいことを言うのです。

20 仮定条件・確定条件

もしある状況になったら、または、ある状況のもとでは、そうする、そうなる、と言いたい
時は、どんな言い方がありますか。

 知っていますか

a をぬきにしては　b ないことには　c としたら　d さえあれば

e ようものなら

1 結婚するかどうかわからないが、もしする_____30歳になる前がいい。

2 みんなの協力_____この仕事は成功しなかっただろう。

3 家族が病気になると、健康で_____外に何もいらないと思えてくる。

4 くつははいてみ_____合うかどうかわからない。

5 兄はカメラをとても大切にしている。黙って借り_____後が怖い。

 使えますか

1 a 時間さえなければ、何もできない。

　 b この仕事は時間さえあれば、できる。

2 a お金で解決できるものなら、そうしたい。

　 b 春が来るものなら、暖かくなるだろう。

3 宝くじでも当たらないかぎり、 { a 何か別の方法を考えよう。
　　　　　　　　　　　　　　　　 b 家は買えない。

4 a わたしの嫌いなケンをぬきにしては、パーティーは楽しいだろう。

　 b 人気者のミキをぬきにしては、パーティーは楽しくないだろう。

5 夜、遅く帰ろうものなら、 { a 父にどなられる。
　　　　　　　　　　　　　　 b 父が駅に迎えに来てくれて、うれしい。

答は次のページにあります。

仮定条件・確定条件

もしある状況になったら、または、ある状況の
もとでは、そうする、そうなると言いたい時

2級	1級
1　〜さえ〜ば	8　〜が最後・〜たら最後
2　〜としたら・〜とすれば・ 　　〜とすると	9　〜なくして（は） 10　〜とあれば
3　〜ないことには	
4　〜ものなら	
5　〜をぬきにしては	
6　〜う（よう）ものなら	
7　〜ないかぎり	

1　〜さえ〜ば

●ある状況が成立するのに、一番必要な条件を仮定する時に使う。

① うちの子は暇さえあれば、本を読んでいます。

② これは薬を飲みさえすれば治るという病気ではない。入院が必要だ。

③ 謝りさえすれば許されるというのは間違いだ。謝っても許されない罪もある。

④ 子どもたちが丈夫でさえあれば、親はそれだけで満足だ。

⚬⚬⚬　動詞の（ます）形　＋さえすれば　　名詞　＋さえ＋動詞の〜ば形
　　　い形容詞の語幹　＋くさえあれば　　な形容詞の語幹　＋でさえあれば

2　〜としたら・〜とすれば・〜とすると【〜と仮定したら】

●「今は〜という状況にはないが、もしその状況を仮定すれば」と言いたい時。

① 「もし、ここに100万円あったとしたら、何に使いますか。」

② 「T大学を受験するとしたら、どんな準備が必要でしょうか。」

---

　　1 c　2 a　3 d　4 b　5 e　　　　　　1 b　2 a　3 b　4 b　5 a

③わたしの言葉が彼を傷つけたのだとしたら、本当に申し訳ないことをしたと思う。

④まだ大学に進むかどうかわからないけど、もし行くとすれば、一人暮らしをすることになる。

⑤運転免許証を取るのに30万円以上もかかるとすると、今の経済状況では無理だ。

◯◯◯　普通形型　＋としたら

3　〜ないことには【〜なければ】

●「〜なければ、後のことがらは実現しない」と言いたい時に使う。

①ある商品が売れるかどうかは、市場調査をしてみないことには、断定できない。

②山田さんが資料を持っているんだから、彼が来ないことには会議が始まりません。

③体が健康でないことには、いい仕事はできないだろう。

☞　　後には否定の意味の文が来る。話す人の消極的な気持ちを表す場合が多い。

4　〜ものなら【もしできるなら】

①できるものなら鳥になって国へ帰りたい。

②「ねえ、田中さんも一緒に旅行に行きましょうよ。」

「ぼくも行けるものなら行きたいんだけど、ちょっと無理そうだなあ。」

③スケジュールが自由になるものなら、広島に1泊したいのだが、そうもいかない。

☞1　「〜ものなら」の前には可能の意味を含む動詞が来る。そして実現が難しそうなことを、「もしできるなら」と仮定して、後の文で希望や命令など話す人の意志を表す。

☞2　「〜のようなことになるなら」と仮定して、後の文で希望や命令など話す人の意志を表す使い方もある。

　　・どうせ治らないものなら、手術なんか受けたくない。

　　・来てくれるものなら、早く来てほしい。

◯◯◯　動詞の辞書形　＋ものなら

5　〜をぬきにしては【〜を考えに入れずには】

●「〜を考えに入れないと、後のことがらの実現が難しい」という時に使う。

①料理の上手な山田さんをぬきにしては、パーティーは開けません。

②モーツァルトの一生は父との旅をぬきにしては語ることができない。

③この国の将来は、観光事業の発展をぬきにしてはあり得ない。

☞　　後には「〜することができない、難しい」という否定的な意味の文が来る。

→ 7課 6「〜をぬきにして・〜はぬきにして」

6　〜う（よう）ものなら【もし〜のようなことをしたら／もし〜のようなことになったら】

●「もしそんなことをしたら大変なことになる」と言いたい時に使う。

①この学校は規則が厳しいから、断らずに欠席しようものなら、大変だ。

②彼のような責任感のない人が委員長になろうものなら、この委員会の活動はめちゃくちゃになる。わたしは反対だ。

③大川さんはこの仕事に人生をかけている。もし失敗しようものなら、彼は二度と立ち直れないだろう。

7　〜ないかぎり【〜しなければ】

●「前のことがらが成立しなければ、後のことがらが実現しない」と言いたい時。

①この建物は許可がないかぎり、見学できません。

②責任者の田中さんが賛成しないかぎり、この企画書を通すわけにはいかない。

③参加各国の協力が得られないかぎり、この大会を今年中に開くことは不可能だ。

☞　　後の文には、否定や困難の意味を表す文が来る。ただし、その部分が省略されることもある。

・化学の実験で水といえば、特に断らないかぎり、（ふつうの水ではなく）蒸留水のことを指す。

8　〜が最後・〜たら最後【もし〜のようなことをしたら／もし〜のようなことになったら】

●「最後」という言葉の示すとおり、「〜のようなことをしたら、もうすべてがだめになる、最後だ」という気持ちが強い。

①ワープロのこのキーをいったん押したら最後、フロッピーの中のメモリーは全部消えてしまいます。

②父は厳しい人だ。父の言うことにちょっとでも反対したら最後、ぼくはこの家にいられなくなるだろう。

③彼は国境を一歩出たが最後、二度と故郷には戻れないことを知っていた。

◎◎◎　　動詞の〜た形　＋が最後　　動詞の〜たら形　＋最後

9　〜なくして（は）【〜がなければ】

●「〜がなければ、後のことは実現しない」と言いたい時に使う。

①努力なくしては成功は難しいだろう。
②事実の究明なくしては、有罪か無罪かの正しい判断などできるはずがない。
③愛なくして何のための人生だろうか。

☞　　「〜」には望ましい意味の名詞が来る。後には否定的な意味の文が来る。
◎◎◎　　名詞　＋なくして（は）

10　〜とあれば【〜なら】

●「〜のためなら、そのことは受け入れられる」と言いたい時に使う。

①子どもの教育のためとあれば、多少の出費もしかたがない。
②彼は人柄がいいから、彼のためとあれば協力を惜しまない人が多いだろう。

☞　　後には依頼や誘いの文は来ない。

20 仮定条件・確定条件

□の言葉を使って、下線の言葉を言い換えなさい。一つの言葉は1回しか使えません。

a さえ〜ば	b としたら	c ないことには	d ものなら
e をぬきにしては	f う（よう）ものなら	g ないかぎり
h たら最後	i なくして（は）	j とあれば

1 もし世界一周旅行に行くと仮定したら、飛行機と船旅とどちらがいいだろうか。

（　　　　　　　　　　）

2 この会は一般会員の人たちの協力を考えに入れずには運営できない。

（　　　　　　　　　　　　）

3 設備も人材もそろっている。ただ、もう少し研究費があれば、より満足のいく仕事

ができるのだが。　　　　　（　　　　　　　　　　　）

4 あの人にお金を渡したらもう終わり、なくなるまでお酒を飲んでしまう。

（　　　　　　　　　）

5 こんな仕事、やめられるなら、すぐにでもやめたい。でも、そういうわけにもいかないし。

（　　　　　　　　　）

6 お世話になった木村さんのためなら、相当の援助を惜しまないつもりだ。

（　　　　　　　　　　　）

7 実際に会ってみなければ、彼がどんな人かわからない。

（　　　　　　）

8 もしも弱い者いじめのようなことをしたら、父は私を許さないでしょう。

（　　　　　　　　　）

9 君との友情がなければ、ぼくは今日まで生きては来られなかった。

（　　　　　　）

10 彼が誠意を示さなければ、私は二度と彼と仕事をするつもりはない。

（　　　　　）

逆接仮定条件

逆接假定條件

ある状況になってもそうする、そうなると言いたい時は、どんな言い方がありますか。

知っていますか

1　たとえ大きい地震が（a　起きたら　b　起きても　c　起きると）、このビルは大丈夫だろう。

2　今からどんなに（a　がんばったところで　b　がんばったら　c　がんばれば）、もうどうにもならない。

3　どんな事業を始める（a　としたら　b　としても　c　とすれば）、資金が必要だ。

4　あなたがどちらの進路を選択する（a　として　b　としろ　c　にせよ）、わたしはあなたを応援し続けます。

5　結婚するにしろ、しない（a　とせよ　b　にしろ　c　にせよ）、早く自分の家を持ちたい。

使えますか

1　a　たとえ1日が24時間でも、
　　b　たとえ1日が30時間でも、｝わたしはやっぱり忙しい。

2　どんなに急いだところで、{a　8時の新幹線に乗れるはずだ。
　　　　　　　　　　　　　　b　8時の新幹線に乗れるはずがない。

3　a　誰か訪ねて来るとしても、
　　b　誰も訪ねて来ないとしても、｝いつも部屋をきれいにしておきなさい。

4　どんなに高いものであるにせよ、{a　彼なら買えるはずだ。
　　　　　　　　　　　　　　　　b　わたしには買えるはずがない。

5　a　わたしの母は84歳にしろ、まだまだ元気だ。
　　b　どこへ行くにしろ、母はわたしと一緒に行きたがる。

答は次のページにあります。

逆接仮定条件 <small>ある状況になってもそうする、そうなると言いたい時</small>

2級

1　たとえ〜ても
2　〜たところで
3　〜としても・〜にしても
4　〜にしろ・〜にせよ

1級

5　〜といえども
6　〜であれ
7　〜う（よう）が・
　　〜う（よう）と（も）
8　〜う（よう）が〜まいが・
　　〜う（よう）と〜まいと

1　たとえ〜ても【〜ということになっても】

● 「〜が成立しても、それに関係なく後の文のようになる」と言いたい時。

①たとえ雪が降っても、仕事は休めません。

②たとえお金がなくても、幸せに暮らせる方法はあるはずだ。

③たとえ困難でも、これを一生の仕事と決めたのだから最後までがんばりたい。

④たとえそのうわさが事実でも、あの先生に対するわたしの信頼は崩れません。

2　〜たところで【〜ても】

● 「〜が成立しても、結果は予期に反して無駄なこと、役に立たないことになってしまう」という話す人の判断を言いたい時に使う。

①今から走って行ったところで、間に合うはずがない。

②周りの人が何を言ったところで、彼は自分の意見を曲げないだろう。

③いくら働いたところで、こう物価が高くては生活は楽にはならない。

☞　後の文は話す人の主観的判断、推量などの文が多い。

共起　たとえ〜たところで、いくら〜たところで、疑問詞〜たところで

---

　1 b　2 a　3 b　4 c　5 b　　　　　1 b　2 b　3 b　4 a　5 b

3　～としても・～にしても【～と仮定しても】

●「今は～ではないが、もしそうなっても関係ない」と言いたい時に使う。

①たとえわたしが大金持ちだとしても、毎日遊んで暮らしたいとは思わない。

②仮にわたしが病気で倒れたとしても、これだけの蓄えがあれば大丈夫だろう。

③いつかはこのアパートを出なければならないにしても、あまり遠くへは引っ越ししたくない。

④「賛成するにしても反対するにしても、それなりの理由を言ってください。」

共起　　たとえ～としても、仮に～としても、疑問詞～としても

普通形型　＋としても　　名詞／普通形型（な形容詞と名詞は「である型」。
　　　　　ただし、「である」がない場合もある）　＋にしても

　　　　　→15課3「～にしても～にしても・～にしろ～にしろ・～にせよ～にせよ」、
　　　　　18課6「～にしても・～にしろ・～にせよ」

4　～にしろ・～にせよ【～と仮定しても】

●「今は～ではないが、もしそうなっても関係ない」と言いたい時に使う。

①たとえ家を買うにしろ、親にお金を出してもらうわけにはいかない。

②就職先がたとえ小さな会社であるにしろ、就業規則というものがあるはずだから、
それに従わなければならない。

③参加するにしろしないにしろ、返事は早くした方がいい。

④どんなことをするにせよ、十分な計画と準備が必要だ。

⑤どんなにわずかな額の予算にせよ、委員会の承認を得なければならない。

共起　　たとえ～にしろ、仮に～にしろ、疑問詞～にしろ

普通形型（な形容詞と名詞は「である型」）　＋にしろ

　　　　　→15課3「～にしても～にしても・～にしろ～にしろ・～にせよ～にせよ」、
　　　　　18課6「～にしても・～にしろ・～にせよ」

5　～といえども【どんな～でも】

●極端な立場のものを仮定して、「それほどの～でも」と言いたい時に使う。

①どんな悪人といえども、悪いことをした後いい気分はしないと思う。

②どれほどの悪条件といえども、一度決めた計画は必ず実行しなければならない。

③たとえ宗教といえども、人の心の自由を奪うことはできないはずだ。

④いかなる知識人といえども、50年後のわが国の姿を正確には予想できないのではないだろうか。

共起　　たとえ〜といえども、疑問詞〜といえども

◎◎◎　名詞　＋といえども　　　　　　→16課Ⅰ・4「〜といえども」、18課9「〜といえども」

6　〜であれ【〜でも】

①命令されたことが何であれ、きちんと最後までやらなければならない。

②引っ越し先がどこであれ、きっとその土地が好きになると思います。

③たとえ相手が社長であれ、わたしは自分の意見をはっきり言おう。

④どのような体制の国家であれ、教育を重視しない国家は発展しないだろう。

☞　　後の文は話す人の主観的判断や推量を表す文が来ることが多い。

共起　　たとえ〜であれ、疑問詞〜であれ

◎◎◎　名詞　＋であれ　　　　　　　　　　　→15課7「〜であれ〜であれ」

7　〜う（よう）が・〜う（よう）と（も）【〜ても】

①誰が何と言おうが、わたしは決心を曲げないつもりだ。

②あの人は周りがどんなにうるさかろうが、気にしない人です。

③どんなに悪く言われようと、あの人は平気らしい。

④あの人は他人がどんなに困っていようとも、心を動かさない人だ。

共起　　たとえ〜う（よう）が、疑問詞〜う（よう）が

8　〜う（よう）が〜まいが・〜う（よう）と〜まいと【〜ても〜なくても】

●二つの対立することがらを仮定して、どちらの場合にも後の文が成立すると言いたい時に使う。

①雨が降ろうと降るまいと、この行事は毎年必ず同じ日に行われます。

②あの人が来ようと来るまいと、わたしには関係ないことだ。

③「参加し<u>しようがするまいが</u>、会費だけは払わなければなりませんよ。」

〰〰　動詞の辞書形（動詞Ⅱ、Ⅲは「（ない）形＋まいが」もある。「するは」は「すまい」もある）　＋まいが　　　　　→10課Ⅱ・1「〜う（よう）か〜まいか」

練習　21　逆接仮定条件

（　　　）の中の言い方を使って下線の言葉を書き換えなさい。

1　<u>病気になっても</u>この仕事はやめられない。（たとえ〜ても）
　（　　　　　　　　　　　　　）

2　人に<u>何と言われても</u>、私は自分の決心を変えるつもりはない。（〜う（よう）と）
　（　　　　　　　　　　　　　）

3　<u>雨が降っても雪が降っても</u>、走る練習をしなければならない。（〜う（よう）が）
　（　　　　　　　　　　　　　）

4　どんなに<u>忠告しても</u>、あの人は聞き入れないでしょう。（〜たところで）
　（　　　　　　　　　　　　　）

5　<u>一人暮らしをすると仮定しても</u>、親元からあまり離れたくない。（〜としても）
　　（　　　　　　　　　　　　　　　　　）

6　<u>たとえ親友でも</u>、悪いことをすればわたしは許さない。（〜といえども）
　（　　　　　　　　　　　　　）

7　この計画を実行するかしないか、今検討中です。<u>どちらになる場合でも</u>あさってまでに結論を出します。（〜にせよ）　　　（　　　　　　　　　　　　　　　）

8　<u>相手が誰でも</u>、あの人はていねいな言葉を使わない人ですね。（〜であれ）
　（　　　　　　　　　　　　　）

9　<u>男でも女でも</u>、仕事には責任をもたなければいけない。（〜だろうと）
　（　　　　　　　　　　　　　）

10　休み中<u>帰国してもしなくても</u>、このレポートは必ず仕上げなさい。（〜う（よう）と〜まいと）（　　　　　　　　　　　　　）

22 不可能・可能・困難・容易

ある事情によりそのことができない、できる、難しい、やさしいと言いたい時はどんな言い方がありますか。

知っていますか

a かねて　b がたい　c ようがない　d 得ない　e わけにはいかない

1 テレビの修理屋が今日来るって言っていたから、留守にする＿＿＿＿＿。
2 彼からは国を出てから何の連絡もないので、手紙の出し＿＿＿＿＿。
3 彼が最近言ったり書いたりしていることは、理解し＿＿＿＿＿ことが多い。
4 入ったばかりの会社をやめることになってしまったのだが、このことは両親には言い出し＿＿＿＿＿いる。
5 彼はその晩わたしの家にいたのだから、事件の場所にいたなどということはあり＿＿＿＿＿。

使えますか

1 a わたしの仕事は夜の仕事なので、朝早くは起きがたい。
　b 労働条件についての会社側のこの提案は受け入れがたい。
2 a それについてはすぐにはお答えしかねます。
　b 新しいワープロを買いたかったのだが、お金が足りなくて買いかねた。
3 a 法律では未成年者はたばこを吸うわけにはいかないことになっている。
　b 彼女からのせっかくのプレゼントだから、大きすぎて着られないなどと言うわけにはいかない。
4 a 材料が何もないのだから、
　b 今日は疲れているのだから、　} おいしい料理なんか作りようがない。
5 a ここから富士山が見え得ますか。
　b 考え得る方法は、もうみんな試してみたのだが……。

答は次のページにあります。

不可能・可能・困難・容易

ある事情によりそのことができない、
できる、難しい、やさしいと言いたい時

2級	1級
1 ～がたい	6 ～う（よう）にも～ない
2 ～わけにはいかない	7 ～にかたくない
3 ～かねる	8 ～に足る
4 ～ようがない・～ようもない	9 ～にたえる・～にたえない
5 ～得る・～得ない	

1　～がたい【～するのは難しい】

①あの元気なひろしが病気になるなんて信じがたいことです。

②弱い者をいじめるとは許しがたい行為だ。

③幼い子どもと離れて暮らすことは彼には耐えがたかったのだろう。

☞　　×わたしにはコンピューターは難しくて、使いがたいです。
　　　×まだけがが治っていないので、長い時間は歩きがたい。
　　　「能力的にできない」という意味では使わない。

◎◎◎　動詞の（ます）形　＋がたい

2　～わけにはいかない【～できない】

●「～をしたい気持ちはあるが、社会的、道徳的、心理的などの理由でできない」と言
いたい時。

①あしたは試験があるから、今日は遊んでいるわけにはいかない。

②「これは死んだ友人がくれた大切なもので、あげるわけにはいかないんです。」

③資源問題が深刻になってきて、企業もこれを無視するわけにはいかなくなった。

◎◎◎　動詞の辞書形　＋わけにはいかない　　→27課II・1「～ないわけにはいかない」

 1e　2c　3b　4a　5d　　　　 1b　2a　3b　4a　5b

3　～かねる【～できない】

● 「気持ちの上で抵抗があって～できない、～することは難しい」という意味。

①親の希望を考えると、結婚のことを両親に言い出し<u>かねて</u>います。

②わたしの経済的に困った状況を見<u>かねた</u>らしく山田さんが助けてくれた。

③客　　　「ホンコン行きの飛行機は何時に出ますか。」

　係りの人「ここではわかり<u>かねます</u>ので、あちらのカウンターでお聞きください。」

④客　　　「A席の切符をB席と取り替えてもらえませんか。」

　係りの人「申し訳ございませんが、予約がいっぱいですのでご希望に応じ<u>かねます</u>。」

　☞　　③④は、サービス業などで客の希望に応じられないことを婉曲に言う例である。

　◎◎◎　動詞の（ます）形　＋かねる

 4　～ようがない・～ようもない【～できない】

● 「そうしたいが、その手段、方法がなくてできない」と言いたい時に使う。

①あの人の住所も電話番号もわからないのですから、知らせ<u>ようがありません</u>。

②推薦状を書いてくれと言われても、あの人のことをよく知らないのだから、書き<u>ようがない</u>。

③社員はやる気があるのだが、会社の方針が変わらないのだから<u>どうしようもない</u>。

④夜遅く、電車もバスもなくなり、<u>どうしようもなく</u>歩いて帰りました。

　◎◎◎　動詞の（ます）形　＋ようがない

5　～得る・～得ない【～の可能性がある／できる・～の可能性がない／できない】

①これは仕事を成功させるために考え<u>得る</u>最上の方法です。

②患者「やはり手術をしなければならないんでしょうか。」

　医者「ええ、そういうこともあり<u>得ます</u>ね。」

③彼が事件の現場にいたなんて、そんなことはあり<u>得ない</u>。

④この事故はまったく予測し<u>得ぬ</u>ことであった。

動詞の（ます）形　＋得る

 6　～う（よう）にも～ない【～しようと思ってもできない】

●「～したくても、それを妨げる事情があってできない」という意味。

①大切な電話がくることになっているので、出かけようにも出かけられません。

②なにしろ言葉が通じないのだから、道を聞こうにも聞けなくて困った。

③大けがをして今病院のベッドの上です。動こうにも動けない状態です。

④早く電話をしようにも、近くに電話がなかったんです。

 7　～にかたくない【～できる／～するのはやさしい】

●「状況から考えて容易に～できる」と言いたい時に使う。

①彼が親の死後どうしたか、想像にかたくありません。

②母親のその言葉を聞いて傷ついた子どもの心のうちは想像にかたくない。

③父がわたしの変わりようを見て、どんなに驚いたか想像にかたくない。

☞　「想像にかたくない」という形で慣用的に使うことが多い。

8　～に足る【～できる／～するだけの価値がある】

①彼は今度の数学オリンピックで十分満足に足る成績がとれるだろう。

②これはわざわざ議論するに足る問題だろうか。

③田中君は大学の代表として推薦するに足る有望な学生だ。

☞　「～に足る＋名詞」の形で使う。

　動詞の辞書形／する動詞の名詞　＋に足る＋名詞

 9　～にたえる・～にたえない【～ことに耐えられる・～ことに耐えられない】

●「～にたえない」は「不快感、心理的圧迫感があって、そうしていることが我慢できない」という意味。

①あの映画は子ども向けですが、大人の鑑賞にも十分たえる映画です。

②彼の絵はとてもへたで専門家の批評にたえる絵ではない。

③あの人の話はいつも人の悪口ばかりで、聞くにたえない。

④事故現場はまったく見るにたえないありさまだった。

〇〇〇　　動詞の辞書形／する動詞の名詞　＋にたえる

練習

22　不可能・可能・困難・容易

A　（　　　）の中の言葉と□□の中のどれかを一緒に使って、下の文を完成しなさい。

> a　わけにはいかない　　b　かねる　　c　ようがない

1　客　「このシャツ、もう少し安くなりませんか。」

　　店員「申し訳ございませんが、これ以上お安くは（いたす）＿＿＿＿＿＿＿＿

　　　　　＿＿＿。」

2　ラジカセが故障したけど古い型のため部品がなく、（直す）＿＿＿＿＿＿＿＿＿。

3　今晩泊めてくれないかと友達に頼まれているけど、今、両親が来ていて（泊めて

　　あげる）＿＿＿＿＿＿＿＿＿＿。

4　田中課長は今、休暇をとって旅行中なので、この2日間は連絡を（とる）＿＿＿＿

　　＿＿＿＿＿＿＿＿＿＿。

5　先週もアルバイトを休んだから、今週は（休む）＿＿＿＿＿＿＿＿＿＿。

6　友人にお金を借りに行ったのですが、やはり（言い出す）＿＿＿＿＿＿＿＿＿、

　　そのまま帰って来てしまいました。

B　□の中の言葉を使って文を完成しなさい。記号で答えなさい。

---

a　聞くにたえない　　b　信頼に足る　　c　信じがたい　　d　あり得ない

e　想像にかたくありません　　f　なぐさめようにもなぐさめられません

　　山下さんが会社のお金を不正に使ってしまったんですって。山下さんという人をよく知っているわたしとしてはとても 1＿＿＿＿ ことです。そんなことは絶対に 2＿＿＿＿ と思います。だって彼ほど 3＿＿＿＿ 人はいないといつも思っていたんですもの。でも、もし事実だとしたら、今頃は後悔して……どんなに苦しんでいるか 4＿＿＿＿。上田さんなんか、5＿＿＿＿ ひどいことを言っているんですよ。もし、このことが原因で会社をやめることにでもなったら、わたしは 6＿＿＿＿。わたしに何かしてあげられることはないかしら。早く事実を調べなければ……。

23 傾向・状態・様子

傾向・状態・情況

ものごとがどんな状態、状況か、または、動作がどんな様子かを言いたい時は、どんな言い方がありますか。

 知っていますか

a ほどの　b がちだ　c げ　d かのように　e だらけ

1 忙しくて何日もそうじしなかったから、部屋がほこり＿＿＿だ。

2 彼は不採用の通知をいかにも悔し＿＿＿に破って捨てた。

3 まだ十月なのに、けさはストーブをつけたくなる＿＿＿寒さだった。

4 山の上で見る星は今にも降ってくる＿＿＿近く感じられる。

5 外食ばかりしていると、カルシウムが不足し＿＿＿。

 使えますか

1 彼はわたしを見て、
　　a 覚えていないほどの顔をした。
　　b 覚えていないかのような顔をした。

2 a この頃成績が下がり気味で、
　b この頃あの夫婦は離婚気味で、
　　　　　　　　　　　　　　心配している。

3 a このパンは古げだ。食べない方がいい。
　b 近頃の木村さんは寂しげな様子だ。何かあるに違いない。

4 a 最近、山田さんは会社に遅れっぽい。疲れているのだろうか。
　b 山田さんは、この頃忘れっぽくなって困った、と言っている。

5 a 週末はくもりがちの天気になるそうだ。
　b 週末は晴れがちの天気になるそうだ。

答は次のページにあります。

I 傾向・状態 ものごとがどんな状態かを言いたい時

2級	1級
1　〜がちの・〜がちだ	5　〜きらいがある
2　〜っぽい	6　〜まみれ
3　〜気味	7　〜ずくめ
4　〜だらけ	8　〜めく

 I・1　〜がちの・〜がちだ【よく〜になる／〜の状態になることが多い】

●自然になりやすい傾向について言う時の言い方。主によくない傾向に使う。

①森さんは小学校4年生のとき体を悪くして、学校も休み<u>がちだった</u>。

②田中さんは留守<u>がちだ</u>から、電話してもいないことが多い。

③今週はくもり<u>がちの</u>天気が続いたが、今日は久しぶりによく晴れた。

④環境破壊の問題は自分の身に迫ってこないと、無関心になり<u>がちである</u>。

☞　名詞のように使う。外から見えたことではなく、そうなる傾向を内にもっている場合に使う。回数の多いことを表す場合が多い。

共起　とかく〜がち、ややもすると〜がち

他例　忘れがち、怠けがち、遠慮がち、〜になりがち、〜しがち、病気がち

⚙　動詞の（ます）形／名詞　＋がち

 I・2　〜っぽい【〜の感じがする／よく〜する】

①この部屋は日当たりが悪いので、いつもなんとなく湿<u>っぽい</u>。

②きみ子はもう二十歳なのに話すことがずいぶん子ども<u>っぽい</u>。

③花子は飽き<u>っぽく</u>て何をやってもすぐやめてしまう。

④母は年のせいかこの頃忘れ<u>っぽく</u>なって、いつもものを探している。

　1e　2c　3a　4d　5b　　　　　1b　2a　3b　4b　5a

⑤「あの白っぽいセーターを着ている人が田中さんですよ。」

☞　回数の多さではなく、ものの性質について言う。よくないことに使うことが多い。

他例　男っぽい、女っぽい、色っぽい、白っぽい、黒っぽい、疲れっぽい

◌◌◌　動詞（ます）形／名詞　＋っぽい

Ⅰ・3　〜気味【少し〜の感じがする】
●「程度はあまり強くないが、〜の傾向がある」と言いたい時の表現。

①「今日はちょっとかぜ気味なので、早めに帰らせてください。」
②最近、忙しい仕事が続いたので少し疲れ気味です。
③長雨のため、このところ工事はかなり遅れ気味だ。
④「この頃成績がちょっと下がり気味ですが、どうかしたんですか。」

☞　よくない場合に使うことが多い。

他例　太り気味、不足気味、押され気味、物価が上がり気味

◌◌◌　動詞の（ます）形／名詞　＋気味

Ⅰ・4　〜だらけ【〜がたくさんある／〜がたくさんついている】

①子どもたちは泥だらけになって遊んでいる。
②わたしが英語で書いた間違いだらけの手紙をジムに直してもらった。
③けんかでもしたのか、彼は傷だらけになって帰ってきた。
④休暇でわたしが家に帰ると、祖母はしわだらけの顔をいっそうくしゃくしゃにして、

うれしそうに「よく帰ってきたね。待ってたよ」と言って迎えてくれる。

☞　ふつう、目で見えるもので、よくないものに使う。

他例　ほこりだらけ、ごみだらけ、血だらけ、灰だらけ、穴だらけ

◌◌◌　名詞　＋だらけ

Ⅰ・5　〜きらいがある【〜の傾向がある】
●自然にそうなりやすいよくない傾向について批判的に言う時に使う。

①人は自分の聞きたくないことは耳に入れないという<u>きらいがある</u>のではないか。

②どうもあの人の話はいつも大げさになる<u>きらいがある</u>。

③人は中年になると、新しいものに興味を持たなくなる<u>きらいがある</u>。

④最近の国の選挙では投票率が低くなる<u>きらいがある</u>。

☞　　その時の外から見たことや様子ではなく、本質的な性質に使われる。

◎◎◎　動詞の現在形　＋きらいがある

Ⅰ・6　〜まみれ【〜がたくさんついている】

●不快な液体や細かいものが体など全体について汚れている様子。

①二人とも、血<u>まみれ</u>になるまで戦った。

②吉田さんは工事現場で毎日ほこり<u>まみれ</u>になって働いている。

③足跡から、犯人は泥<u>まみれ</u>のくつをはいていたと思われる。

④汗<u>まみれ</u>になって農作業をするのは楽しいことだ。

☞　　体そのものの変化や、ある場所にたくさんあるもの、散らかっているものなど
　　　には使わない。　×傷まみれ、×しわまみれ、×間違いまみれ

◎◎◎　名詞　＋まみれ

Ⅰ・7　〜ずくめ【〜ばかり／〜が続いて起こる】

①山田さんのうちは、長男の結婚、長女の出産と、最近、おめでたいこと<u>ずくめ</u>だ。

②あの時、彼はお葬式の帰りだったらしく、黒<u>ずくめ</u>の服装だった。

③彼から手紙が来たし、叔父さんからお小遣いももらったし、今日は朝からいいこと<u>ず</u>

　<u>くめ</u>だ。

☞　　物、色、できごとなどにも使う。よいことの例が多い。

他例　　ごちそうずくめ、金ずくめ、けっこうずくめ

◎◎◎　名詞　＋ずくめ

Ⅰ・8　〜めく【〜らしくなる／〜らしく見える】

●「十分に〜ではないが、〜の感じがする」と言いたい時。

①日ごとに春めいてまいりました。その後、お元気でいらっしゃいますか。（手紙文）

②冗談めいた言い方だったが、中村君は離婚したことをわたしにうちあけた。

③まゆみはいつも謎めいたことを言っては、周りの人を困らせる。

☞　名詞に接続して動詞のように使う。活用は動詞Ⅰと同じ。

他例　秋めく、儀式めいたこと、親めいたこと

◎◎◎　名詞　＋めく

Ⅱ様子　ものごとがどんな状況か、または動作がどんな様子かを言いたい時

2級	1級
1　〜ほど・〜ほどの・〜ほどだ	5　〜ごとく・〜ごとき
2　〜くらい・〜くらいの・	6　〜ともなく・〜ともなしに
〜くらいだ	7　〜つ〜つ
3　〜かのように・〜かのようだ	8　〜んばかりに・〜んばかりの・
4　〜げ	〜んばかりだ
	9　〜とばかり（に）

Ⅱ・1　〜ほど・〜ほどの・〜ほどだ

●ある状態がどのくらいそうなのか、強調して言いたい時に使う。

①きのうは山登りに行って、もう一歩も歩けないほど疲れました。

②「足、けがをしたんですって。」

　「うん、きのうまでは泣きたいほど痛かったけど、今日は大分よくなったよ。」

③悩んでいた時、友人が話を聞いてくれて、うれしくて涙が出るほどだった。

④それは大人から見るとたいしたことではなくても、子どもにとっては死にたいほどの

　つらい経験なのかもしれない。

☞　「〜」には話す人の意志を表さない動詞や動詞の「〜たい形」が来ることが多
　　い。

◎◎◎　連体修飾型　＋ほど　　　　　　→6課Ⅱ・1「〜ば〜ほど・〜なら〜ほど・〜ほど」

II・2　〜くらい・〜くらいの・〜くらいだ

●I「〜ほど・〜ほどの・〜ほどだ」とほとんど同じ意味と使い方。

II・3　〜かのように・〜かのようだ【〜ように】

●「まるで〜のように」と何かにたとえて、強調する言い方。

①山田さんの部屋は何か月もそうじしていないかのように汚い。

②リンさんはその写真をまるで宝ものか何かのように大切にしている。

③四月になって雪が降るなんて、まるで冬が戻って来たかのようです。

④田中さんにその話をすると、彼は知らなかったかのような顔をしたが、本当は知って

　いるはずだ。

⊙⊙⊙　　普通形型（な形容詞と名詞は「である型」。ただし、「である」がない場合もあ

　　　　る）　＋かのように

II・4　〜げ【〜そう】

●人の「そのような様子」を表す。

①「お母さんはどうしたの」と聞くと、子どもは悲しげな顔をして下を向いた。

②高い熱のあるひろしは、わたしと話すのも苦しげだった。

③よう子は楽しげに初めての海外旅行の話をしてくれた。

④会議の後、彼はいかにも不満ありげな顔をしていた。

☞　　　ふつう、人の気持ちの様子を表す場合に使われる。やや古い言い方。

他例　　意味ありげ、寂しげ、恥ずかしげ、不安げ、懐かしげ

共起　　いかにも〜げ、さも〜げ

⊙⊙⊙　　い形容詞・な形容詞の語幹　＋げ

II・5　〜ごとく・〜ごとき【〜ように】

①あの人は氷のごとく冷たい人だ。

②この10年は矢のごとく過ぎ去った。

③彼のごとき優秀な人でも失敗することがあるのだ。

☞　③は例示の意味を含む。

〇〇〇　名詞＋の　＋ごとく

II・6　〜ともなく・〜ともなしに【特に〜しようというつもりでなく】

●「ふと〜すると（なんとなく〜していたら）、こんな意外なことが起こった」と言いたい時に使う。

①見るともなく窓の外を見ると、流れ星が見えた。

②ラジオを聞くともなしに聞いていたら、とつぜん飛行機墜落のニュースが耳に入ってきた。

③夜、考えるともなしに会社でのことを考えていたら、課長に大切な伝言があったことを思い出した。

☞　「ともなく」の前後には同じ動作性の動詞（見る、言う、聞く、など）が来る。

参考例　・彼はいつからともなく、皆に帝王と呼ばれるようになった。

　　　　・彼は置き手紙をすると、どこへともなく去って行った。

〇〇〇　動詞の辞書形　＋ともなく

II・7　〜つ〜つ【〜たり〜たり】

●「〜つ〜つ」の後に来る動詞の動作や作用がどんな様子で行われるかを言う。

①マラソンの最後の500メートルで二人の選手はぬきつぬかれつの接戦になった。

②風に吹き飛ばされた赤いぼうしは木の葉のように浮きつ沈みつ川を流れて行った。

③変な男の人がうちの前を行きつ戻りつしている。何をしているんだろう。

☞　「〜つ〜つ」の「〜」には二つの対立する動詞が並ぶ。慣用的に使う。

〇〇〇　動詞の（ます）形　＋つ＋（ます）形　＋つ

II・8　～んばかりに・～んばかりの・～んばかりだ【ほとんど～しそうな様子で】

①彼女は泣かんばかりに「手紙をくださいね」と言いながら別れて行った。

②せっかく会いに行ったのに、彼は帰れと言わんばかりにむこうを向いてしまった。

③リンさんはかごいっぱい、あふれんばかりのりんごを持って来てくれた。

④彼の言い方は、まるでぼくの方が悪いと言わぬばかりだ。

☞　話す人自身の様子には使わない。「ぬ（ん）」は古語から来た言葉。

◯◯◯　動詞の（ない）形　＋ん（ぬ）ばかりに（「する」は、「せんばかりに」）

II・9　～とばかり（に）【いかにも～というような様子で】

●「～」を言葉で言うのではなく、いかにもそのような態度や様子で、ある動作をするという意味。

①あの子はお母さんなんか嫌いとばかりに、家を出て行ってしまいました。

②彼はお前も読めとばかり、その手紙を机の上に放り出した。

③みんなが集まって相談していると、彼女はわたしには関係ないとばかりに横を向いてしまった。

☞　外の人の様子を表現する言い方であるから、話す人自身の様子には使わない。

練習

23　傾向・状態・様子

どちらの文が適切ですか。いい方の記号に◯をつけなさい。

1　a　最近、仕事が忙しくて、疲れ気味だ。

　　b　最近、わたしはテレビを見がちだ。

2　a　誰でも困っている人を見ると、助けたがるきらいがある。

　　b　誰でも面倒な仕事は後回しにしたがるきらいがある。

3　タンカーの事故で油が流れ出して $\left\{\begin{array}{l}\text{a　海の鳥たちが油まみれになってしまった。}\\\text{b　海が油まみれになってしまった。}\end{array}\right.$

4　彼の話がとても愉快なので、 $\left\{\begin{array}{l}\text{a　みんなおなかが痛くなるくらい笑った。}\\\text{b　みんなおなかが痛いかのように笑った。}\end{array}\right.$

5　a　ゆり子さんはユリのごとく美しい。

　　b　ゆり子さんはユリとばかりに美しい。

6　a　見るともなくテレビを見ていたら、友人の作家が新人賞をもらったというニュースが報道されていた。

　　b　寝るともなく寝ていたら、夢を見た。

7　a　うちの祖父はあと1週間で100歳にならんばかりです。

　　b　彼はかみつかんばかりの顔でわたしをにらみつけた。

8　a　息子はぼくの部屋に入るなとばかりに部屋にかぎをかけてしまった。

　　b　息子はいつもぼくの部屋に入るなとばかりだ。

9　a　あの時は大声で泣くかのようにつらかった。

　　b　あの時は大声で泣きたいほどつらかった。

10　a　子どもたちは運動場で追いつ追われつ、楽しそうにかけ回っています。

　　b　公園の中を家族連れの人たちが歌いつ歩きつしています。

経過・結末

経過・結果

どのような過程を通ってそうなったか、どのような結果になったかを言いたい時は、どんな言い方がありますか。

知っていますか

a　ということだ　b　きり　c　ことになる　d　あげく　e　ところだった

1　会社をやめるかどうか、いろいろ迷った_____、やはりやめることにした。

2　前のバスが行った_____、30分もたつのにまだ次のバスが来ない。

3　先週の火曜日から外食しているから、今日でもう1週間も外食している_____。

4　駐車する時あわてていたので、もう少しで隣の車にぶつける_____。

5　「高校のサッカーの決勝戦は引き分けらしいよ。」

　　「ということは、つまり、両校優勝_____ね。」

使えますか

1　a　なんでも最後までやりぬくことが大切だ。

　　b　このくつははきぬいたから、新しいのを買おう。

2　就職について両親に相談したところ、 $\left\{\begin{array}{l}\text{a 大阪の会社に決めた。}\\\text{b 自分で決めろと言われた。}\end{array}\right.$

3　a　一生懸命がんばれば、必ず後で満足するところでした。

　　b　一生懸命がんばらなければ、必ず後で後悔することになりますよ。

4　a　何度も国家試験を受けた末に、ついに合格した。

　　b　今年の国家試験を受けた末に、幸運にも合格した。

5　a　わたしは3時に出発したいことになっている。

　　b　わたしたちは3時に出発することになっている。

答は次のページにあります。

Ⅰ 経過 どのような過程を通って、そうなったかを言いたい時

2級

1　〜たところ
2　〜あげく（に）・〜あげくの
3　〜末（に）・〜末の
4　〜きり・〜きりだ

1級

5　〜っぱなし
6　〜に至って（は）

 Ⅰ・1　〜たところ【〜したら／〜した結果】

●「〜した結果、こうなった」と言いたい時に使う。

①久しぶりに先生のお宅をお訪ねしたところ、先生はお留守だった。
②留学について父に相談してみたところ、父は喜んで賛成してくれた。
③山で採ってきたキノコが食べられるかどうか、食品研究所に問い合わせてみたところ、食べられないことがわかった。
④山川さんならわかるだろうと思って聞いてみたところが、彼にもわからないということだった。

 Ⅰ・2　〜あげく（に）・〜あげくの【いろいろ〜した後で、とうとう最後に】

●「いろいろ〜した後で、とうとう残念な結果になった」と言いたい時に使う。

①大学を受験するかどうか、いろいろ考えたあげく、今年は受けないことに決めた。
②さんざん道に迷ったあげく、結局、駅前に戻って交番で道を聞かなければならなかった。
③この問題については、長時間にわたる議論のあげく、とうとう結論は出なかった。
④何日間も協議を続けたあげくの果ての結論として、今回は我々の会としては代表を送らないことにした。

　1d　2b　3c　4e　5a　　　　　1a　2b　3b　4a　5b

動詞の〜た形／する動詞の名詞＋の　＋あげく

 Ⅰ・3　〜末（に）・〜末の【いろいろ〜した後、とうとう最後に】

●「いろいろ〜した後で、こうなった」と言いたい時に使う。

①帰国するというのは、さんざん迷った末に出した結論です。

②帰国するというのは、さんざん迷った末の結論です。

③試合はAチームとBチームの激しい戦いの末、Aチームが勝った。

④5時間に及ぶ討議の末、両国はオレンジの自由化問題について最終的な合意に達した。

 動詞の〜た形／する動詞の名詞＋の　＋末

 Ⅰ・4　〜きり・〜きりだ【〜して、そのままずっと】

①子どもが朝、出かけたきり、夜の8時になっても帰って来ないので心配です。

②木村さんは10年前にブラジルへ行ったきり、そのままブラジルに定住してしまったらしい。

③彼女には去年一度会ったきりです。その後手紙ももらっていません。

☞ 後の文には次に起こるはずのことが起こらないで予想外の状態が続いているという文が来る。

 動詞の〜た形　＋きり

 Ⅰ・5　〜っぱなし【〜したままだ】

●「〜したままで、後の当然しなければならないことをしない」という意味。

①「道具が出しっぱなしだよ。使ったら、片づけなさい。」

②「くつは脱ぎっぱなしにしないで、きちんとそろえておきなさい。」

③あのメーカーは売りっぱなしではなく、アフターケアがしっかりしている。

 動詞の（ます）形　＋っぱなし

Ⅰ・6 ～に至って（は）【～という重大な事態になって】

①39度もの熱が３日も続くという事態に至って、彼はやっと医者へ行く気になった。

②関係者は子どもが自殺するに至って初めて事の重大さを知った。

③学校へほとんど行かずにアルバイトばかりしていた彼は、いよいよ留年という事態に至っては、親に本当のことを言わざるを得なかった。

    動詞の辞書形／名詞　＋に至って（は）

Ⅱ 結末　どのような結果になったかを言いたい時

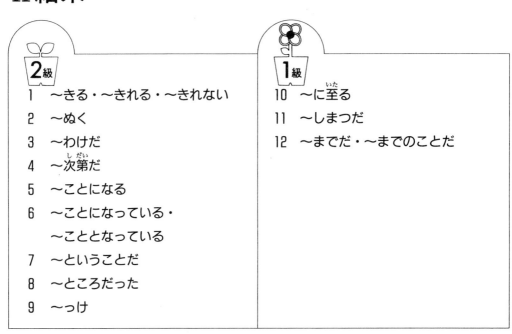

2級	**1級**
1　～きる・～きれる・～きれない	10　～に至る
2　～ぬく	11　～しまつだ
3　～わけだ	12　～までだ・～までのことだ
4　～次第だ	
5　～ことになる	
6　～ことになっている・ 　　～こととなっている	
7　～ということだ	
8　～ところだった	
9　～っけ	

 Ⅱ・1　～きる・～きれる・～きれない

①３巻から成る小説を夏休み中に全部読みきった。

②あのゲームソフトは人気があるらしく、発売と同時に売りきれてしまった。

③慎重な彼が「絶対にやれる」と言いきったのだから、相当の自信があるのだろう。

④山口さんは年をとった両親と入院中の奥さんを抱え、困りきっているらしい。

⑤母は買い物に行くといつも手に持ちきれないほどの荷物を抱えて帰って来る。

☞　「～」の動詞に「全部～する」①②⑤、「自信をもって～する」③、「非常に
　　　～する」④などの意味を加える。

○○○　動詞の（ます）形　＋きる

II・2　～ぬく

①マラソンの精神というのは、試合に負けても最後まで走りぬくことだ。
②彼は両親を失いながらも、10年間も続いた内戦の時代をなんとか生きぬいた。
③わたしは親としてあの子の長所も欠点も知りぬいているつもりです。
④彼は幼い子を失ったことを悲しみぬいて、自分の命をも断ったという。

☞　「～」の動詞に「困難なことを乗り越えて最後まで完全に～し終える」①②、
　　　「完全に～する」③、「徹底的に～する」④などの意味を加える。

○○○　動詞の（ます）形　＋ぬく

II・3　～わけだ
●事実や状況から、「当然～の結論になる」と言いたい時に使う。

①30ページの宿題だから、一日に３ページずつやれば10日で終わるわけです。
②夜型の人間が増えて来たために、コンビニエンスストアがこれほど広がったわけです。
③このスケジュール表を見ると、京都には１泊しかしないから水曜日の午前中には東
　　京へ帰って来られるわけだ。
④彼に頼まれなかったから、わたしはその仕事をやらなかったわけで、頼まれればいつ
　　でもやってあげるつもりだ。

○○○　連体修飾型　＋わけだ

II・4　～次第だ【～わけだ】
●理由や事情を説明して、「それで～という結果になった」と言いたい時に使う。

①社長「君は大阪には寄らなかったんだね。」

　　社員「はい、部長から帰れという連絡が入りまして急いで帰って来た次第です。」
②客　「品物が届かなかったのはそちらの手違いだというんですね。」

店員「はい、まことに申し訳ございませんが、そういう次第でございます。」

③以上のような次第で、来週の工場見学は中止にさせていただきます。

◐◐◐　連体修飾型　＋次第だ

Ⅱ・5　～ことになる

●「ある事情から考えて、当然そうなる」と言いたい時に使う。

①この事故による負傷者は、女性3人、男性4人の合わせて7人ということになる。

②彼の話を信用すれば、彼は出張中だったのだから、そのとき東京にはいなかったことになる。

③「今、遊んでばかりいると、試験の前になって悔やむことになりますよ。」

④あの人にお金を貸すと、結局返してもらえないことになるので貸したくない。

☞　　①②は「～わけだ」とほとんど同じ意味。③④は、好ましくない結果になることを警告したりする使い方。

◐◐◐　連体修飾型　＋ことになる

Ⅱ・6　～ことになっている・～こととなっている【～という決まり（予定、習慣など）になっている】

①この会社では社員は1年に1回健康診断を受けることになっています。

②「あすは中山先生が休みで、かわりの先生がいらっしゃることになっています。」

③日本語の敬語では、たとえば自分の父母のすることについて外の人に話す時、尊敬語は使わないことになっている。

④「午前の分科会はこれで終了いたします。なお、午後の分科会は2時からということとなっておりますので、1時50分までにお集まりください。」

◐◐◐　連体修飾型　＋ことになっている

II・7　～ということだ【つまり～だ】

●ある事実を受けて、そこから「つまり～だ」と結論を引き出したり、相手に確かめたりする言い方。

①社長は急な出張で今日は出社しません。つまり、会議は延期ということです。

②「山田さんはまだ来ていませんか。つまり、また遅刻ということですね。」

③係りの人「あしたは特別の行事のため、この駐車場は臨時に駐車禁止になります。」

　客　　「ということは、つまり車では来るなということですね。」

II・8　～ところだった【もう少しで～のような悪い結果になりそうだった】

●「～のような悪い結果になりそうだったが、実際にはならなかった」と言いたい時に使う。

①誤解がもとで、あやうく大切な親友を失うところだった。

②考えごとをしながら歩いていたので、もう少しで横道から出て来た自転車にぶつかるところだった。

③試験の結果が悪く、危なく留年になるところだったが、再試験を受けることでようやく4年生になれた。

共起　　もう少しで～ところだった、危なく（あやうく）～ところだった

◎◎◎　　動詞の辞書形・～ない形　＋ところだった

II・9　～っけ

●相手に念を押したり、確かめたりする言い方。

①「英語の試験は5番教室だっけ。」

　「8番じゃない？」

②「『ケン討する』の『ケン』は、キヘンだっけ、ニンベンだっけ。」

　「キヘンにきまってるでしょ。」

③「今度の研修旅行には、工場見学も日程に入っていましたっけ。」

　「時間的に無理だというんで除かれたんだよ。」

◎◎◎　　普通形型（「～ましたっけ」「～でしたっけ」もある）　＋っけ

II・10　〜に至る【〜までになる】

● 「いろいろなことが続いた後、ついにこうなった」と言いたい時に使う。

①被害は次第に広範囲に広がり、ついに死者30人を出すに至った。

②小さなバイクを造ることから始めた本多氏の事業は発展し続け、とうとう世界的な自動車メーカーにまで成長するに至った。

③工場閉鎖に至ったその責任は、誰にあるのか。

共起　　ついに〜に至る、とうとう〜に至る
◯◯◯　　動詞の辞書形／名詞　＋に至る

II・11　〜しまつだ【〜という悪い結末だ】

● 「悪いことを経て、とうとう最後にもっと悪い結果になった」と言う時に使う。

①あの子は乱暴で本当に困る。学校のガラスを割ったり、いすを壊したり、とうとうきのうは友達とけんかして、けがをさせてしまうしまつだ。

②きのうはいやな日だった。会社では社長に注意されるし、夜は友人とけんかしてしまうし、最後は帰りの電車の中にかばんを忘れて来てしまうしまつだ。

③「君はきのうもまた打ち合わせの時間に遅れたそうじゃないか。そんなしまつじゃ人に信用されないよ。」

◯◯◯　　連体修飾型　＋しまつだ

II・12　〜までだ・〜までのことだ【〜しただけなのだ】

● 「ただそれだけの事情や理由である」と言い訳をしたい時の言い方。

①娘「もしもし、あら、お母さん、どうしたの。こんなに遅く電話なんかして。」

　母「何度電話しても、あなたがいないから、ちょっと気になったまでよ。」

②「まあ、たくさんのお買い物ですね。何か特別なことでもあるんですか。」

　「いいえ、ふるさとのものなので懐かしくてつい買い込んだまでのことなんです。」

③わたしの言葉に特別な意味はない。ただ、彼をなぐさめようと思って言っているまでだ。

〜〜〜　動詞の普通形　＋までだ　　　→29課7「〜までだ・〜までのことだ・〜ばそれまでだ」

練習

24　経過・結末

□の中から最も適当な言葉を選んで、その記号を＿＿＿の上に書きなさい。一つの言葉は1回しか使えません。

I

a ところ　　b に至って　　c きって
d きり　　e っぱなし　　f 末に

1 彼は夏頃一度手紙をくれた＿＿＿、その後何も言って来ません。

2 子どもたちが授業をボイコットする＿＿＿、先生たちはようやく子どもたちの言い分にも耳を傾けるようになった。

3 売り場に問い合わせてみた＿＿＿、その切符はもう売り切れということだった。

4 よう子は職場の人間関係に困り＿＿＿、先輩に相談した。

5 あちこちの図書館を回った＿＿＿、ようやくある小さな図書館でほしい本をみつけました。

6 入り口にずっと置き＿＿＿のかさは、誰のでしょうね。

II

a ところだった　　b ことになる　　c しまつだ　　d までです
e ということです　　f わけです　　g ことになっています

1 きちんと計画を立てて勉強しないと、あとで後悔する＿＿＿よ。

2 今日の試合では自分のミスで敵に先制点を許すし、動きも鈍いし、最後には反則で退場させられる＿＿＿。A選手は本当に調子が悪い。

3 出版社の人「この本は秋の初め頃には出版したいんですよ。」

　本を書く人「ということは原稿を6月には出してほしい＿＿＿ね。」

4　父が考古学、兄が歴史学の研究者なので、わたしも歴史に興味をもった＿＿＿＿。

5　けさ、人に押されてもう少しで電車とホームの間に落ちる＿＿＿＿。

6　新入社員は入社後、４週間の研修を受ける＿＿＿＿。

7　山田「所長の出張は来月の15日からでしたよね。」

　　小川「そうですよ。山田さん、ちゃんとノートに書いていたじゃありませんか。」

　　山田「いえ、ちょっと確認した＿＿＿＿。」

25

否定・部分否定

否定・部分否定

ものごとを打ち消したい時は、どんな言い方がありますか。

知っていますか

a どころじゃない　b はずがない　c わけではない　d ものか
e こともない

1 こんないい加減な仕事のやり方では、課長のＯＫが出る＿＿＿＿＿。
2 今週はカラオケに行く約束だったけど、忙しくてカラオケ＿＿＿＿＿。
3 「駐輪禁止」と書いてあったけど、1台ぐらいかまう＿＿＿＿＿と思って置いて来てしまった。
4 希望者が多いので、申し込んでもみんな参加できる＿＿＿＿＿。
5 「先日の仕事の話、無理すればやれない＿＿＿＿＿んですが……。」
　「そうですか。それではお願いします。」

使えますか

1 大阪からは3時間かかるから、
{ a 2時には着くわけがない。
　b 2時には着くどころじゃない。

2 ご質問の件ですが、ちょっと私どもでは、
{ a わからないのですが……。
　b わかりっこないのです。

3 a 品物は安ければ必ず売れるはずがない。
　b 品物は安ければ売れるというものではない。

4 大学院へ行くことを決めたことは決めたんだけど、
{ a 自信がない。
　b 自信がある。

5 あんな映画がおもしろいものか。
{ a ぼくは3回も見た。
　b ぼくは途中で見るのをやめた。

答は次のページにあります。

185

I 否定 ものごとを打ち消す時

2級	
1	～わけがない・～わけはない
2	～はずがない
3	～っこない
4	～ものか
5	～どころではなく・ ～どころではない
6	～ことなく

1級	
7	～なしに・～ことなしに
8	～までもなく・～までもない

I・1 ～わけがない・～わけはない【当然～ない】

●ある事実をもとに「そんなことはない」と言いたい時。

①まだ習っていない問題を試験に出されても、できるわけがない。

②こんなに低温の夏なんだから、秋にできる米がおいしいわけがない。

③こんな漢字の多い本を正が読むわけはない。彼は漫画しか読まないんだから。

☞　話す人の主観的な判断を表す。

⊂∞⊃　連体修飾型　＋わけがない

I・2 ～はずがない【当然～という可能性がない】

●ある事実をもとに「その可能性がない」と言いたい時。

①「田中君どうしたんだろう。今日はきっと来ると思ったんだけど。」

　「田中？　今日は来られるはずがないよ。今、神戸へ帰っているんだから。」

②「大山さん、暇かな。テニスに誘ってみようか。」

　「彼女は今就職活動中だから暇なはずはないよ。」

　1b　2a　3d　4c　5e

　1a　2a　3b　4a　5b

186

③チンさんは生の魚は食べないから「さしみが食べたい」などと言う<u>はずはない</u>。

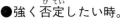 連体修飾型 ＋はずがない

 Ⅰ・3 〜っこない【絶対に〜ない】

●強く否定したい時。

①こんな難しい本を買ってやったって、小学校1年生の健に<u>わかりっこない</u>。

②こんなにひどい嵐じゃゴルフなんか<u>できっこない</u>。今日はやめとこう。

③「いいマンションね。でも、家賃が30万円だって。」

　「30万円！　そんな高い家賃、ぼくたちに<u>払えっこない</u>よ。」

☞ 話す人の主観的な判断を表す。
◎◎◎ 動詞の（ます）形 ＋っこない

 Ⅰ・4 〜ものか【決して〜ない】

●話す人の強い否定の気持ちを表現する時の言い方。

①「一人暮らしは寂しいでしょう」

　「寂しい<u>ものか</u>。気楽でのびのびしていいものだよ。」

②あんな失礼な人と二度と話をする<u>ものか</u>。

③連休の遊園地なんか人が多くて疲れるばかりだ。もう、二度と行く<u>ものか</u>。

④「この機械が複雑だって？　複雑な<u>もんか</u>。実に簡単だよ。」

☞ 反語を使った感情的な言い方。
共起 絶対に〜ものか、決して〜ものか
◎◎◎ 連体修飾型（名詞は「名詞＋な」になることが多い） ＋ものか

 Ⅰ・5 〜どころではなく・〜どころではない【〜はとてもできない】

●「〜する余裕はない」と強く否定する言い方。

①「高橋さん、今度の休みに京都へ行くんだけど、一緒に行かない。」

　「ごめんなさいね。わたし、今忙しくて、旅行<u>どころじゃないの</u>。」

②当時はお金もなく、誕生日といっても祝うどころではなかった。

③春だというのに、お花見どころではなく、夜遅くまで仕事をしている。

　　動詞の辞書形／名詞　＋どころではなく

 Ⅰ・6　〜ことなく【〜ないで】

● 「〜しないで、〜をする」「〜しないで、そのままいる」と言いたい時。

①ニコさんの部屋の電気は1時を過ぎても消えることなく、朝までついていた。

②彼らは生活のため、休日も休むことなく働いた。

③スミスさんは専門課程に進むことなく、帰国してしまった。

　　動詞の辞書形　＋ことなく　　　　　　　　　→7課4「〜ことなく」

 Ⅰ・7　〜なしに・〜ことなしに【〜ないで／〜なく】

● 「〜をしないで、〜をする」「〜をしないで、そのままいる」と言いたい時。

①わたしたちは3時間、休息なしに歩き続けた。

②彼のことが気になって朝まで一睡もすることなしに、起きていた。

③彼は研究のため夏の休暇中も帰国することなしに、ずっと大学にとどまっていた。

　　動詞の辞書形　＋こと／する動詞の名詞　＋なしに
　　　　　　　　　　　　　　　　→7課11「〜なしに・〜ことなしに」

 Ⅰ・8　〜までもなく・〜までもない【〜しなくてもいい】

● 「〜の程度までは必要ない」と言いたい時。

①「あの映画はとてもおもしろいよ。わざわざ映画館に見に行くまでもないけど、ビデオででも見るといいんじゃない。」

②社長はけさ退院なさったそうだ。中山さんがご家族から直接聞いたのだから、確かめるまでもないと思う。

③説明書に詳しく書いてあるから、わざわざ説明を聞くまでもないと思う。

他例　「言うまでもなく」は慣用的な表現で「もちろん」という意味。

⚞⚟　動詞の辞書形　＋までもない

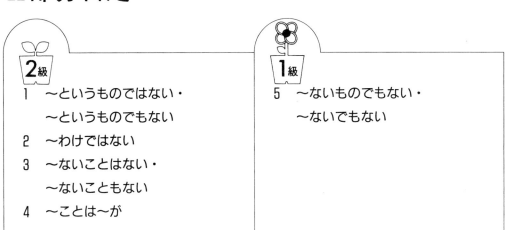

II 部分否定　部分的に打ち消したり、消極的に肯定したりしたい時

2級

1　〜というものではない・
　　〜というものでもない
2　〜わけではない
3　〜ないことはない・
　　〜ないこともない
4　〜ことは〜が

1級

5　〜ないものでもない・
　　〜ないでもない

II・1　〜というものではない・〜というものでもない【〜とは言えない】

● 「いつも必ず〜とは言えない」と言いたい時。

①バイオリンは、習っていれば自然にできるようになる<u>というものではない</u>。

②会議では何を言うかが大切だ。ただ出席していればいい<u>というものではない</u>。

③鉄道は速ければいい<u>というものでもありません</u>。乗客の安全が第一です。

④まじめな人だから有能だ<u>というものでもない</u>。

⚞⚟　普通形型　＋というものではない

II・2　〜わけではない【全部が〜とは言えない／必ず〜とは言えない】

①わたしは学生時代、勉強ばかりしていた<u>わけではない</u>。よく旅行もした。

②自動車立国というが、日本人がみんな車を持っている<u>わけではない</u>。

③会社をやめたいという、あなたの今の気持ちもわからない<u>わけではありません</u>。でも、
　将来のことも考えないと……。(先輩からの手紙)

☞　③「〜ないわけではない」は部分的に肯定する言い方。
⚞⚟　連体修飾型　＋わけではない

II・3　〜ないことはない・〜ないこともない【もしかしたら〜かもしれない】

● 「〜という可能性がないとは言えない」と消極的に言う時。

①「司会は、林さんに頼めばやってくれるかな。」

　「うん、林さんなら頼まれれば引き受けないこともないんじゃない。」

②東京駅まで快速で20分だから、すぐ出れば間に合わないこともない。

③車の代金は一度に払えないことはないが、やっぱりローンの方がいいだろう。

II・4　〜ことは〜が【一応〜が】

● 「一応〜は事実だが、しかし〜だ」と言いたい時の表現。

①中国語はわかることはわかるんだけど、話し方が速いとよくわからない。

②きのう本屋へ行ったことは行ったが、店が閉まっていて買えなかった。

③わたしのうちは広いことは広いんですが、古くて住みにくいのです。

④タイに行く前にタイ語を勉強したことはしたのですが、たった２週間だけです。

☞　　「ことは」の前後の「〜」には同じ語が来る。

◎◎◎　連体修飾型　＋ことは〜が

II・5　〜ないものでもない・〜ないでもない【〜ないのではない】

● 「ある場合は〜することもある」「条件が合えば〜するかもしれない」の意味。

①３人でこれだけ集中してやれば、四月までに完成しないものでもない。

②「わたしだってロックを聞かないもんでもないよ。今度いいコンサートがあったら教

　えてくださいよ。」

③「日本酒は全然飲まないんですか。」

　「いえ、飲まないでもないんですが、ワインの方がよく飲みます。」

☞　　消極的に肯定する。個人的な判断、推量、好き嫌いについて言うことが多い。

25 否定・部分否定

□の中の言葉を使って文を完成しなさい。一つの言葉は１回しか使えません。

I

| a までもない　　b はずがない　　c わけではない |
| d ないものでもない　　e どころではない |

木村「日本語のスピーチコンテストのことですが、タムさんに出られるかどうか聞いて
　　みましょうか。」

ジム「タムさんは出られる1＿＿＿＿と思いますよ。修士論文が忙しくて、スピーチコン
　　テスト2＿＿＿＿と言っていましたから。」

木村「確かめてみましたか。」

ジム「確かめる3＿＿＿＿と思います。この１週間も毎日図書室にいたし……。」

木村「そうですか、困りましたね……。それじゃ、あなたはどうですか。」

ジム「残念ながら、ぼくはだめですよ。このスピーチコンテストは外国人なら誰でも出
　　られるという4＿＿＿＿んです。在日２年未満という制限がありますから。」

木村「ああ、そうでしたね。あなたは、もう３年になるんでしたね。」

ジム「その制限がなければ、ぼくも出5＿＿＿＿んですが。」

II

| a わけがない　　b なしに　　c ものか　　d っこない |

弟「お兄ちゃん、ぼくにもそのプラモデル、作らせて」

兄「二郎にはまだ無理だよ。できる1＿＿＿＿よ。」

弟「できるよ。」

兄「でき2＿＿＿＿よ。」

弟「絶対できる。」

兄「じゃあ、やってごらん。休み3＿＿＿＿最後までやるんだぞ。」

弟「うん。」

（１時間たっても、まだできない。）

兄「ほら、無理だろう。」

弟「絶対あきらめる4＿＿＿＿。」

伝聞・推量

傳聞・推量

聞いたことを伝える時や、確かでないことについて自分がどう考えているかを言いたい時は、どんな言い方がありますか。

知っていますか

a かねない　b ということだ　c まい　d とみえて　e に違いない

1 春休みが始まった＿＿＿＿、バスには学生の姿が少ない。
2 テレビの予報によると、今年の夏は水不足が心配だ＿＿＿＿。
3 選手の強化を図らないと、オリンピック出場などとても期待でき＿＿＿＿。
4 時間に正確な山木さんが来ないのは、事故か何かがあったから＿＿＿＿。
5 準備体操をせずに激しいスポーツをしたら、けがをし＿＿＿＿。

使えますか

1 そちらでは地震の被害は {
　a ほとんどなかったとのこと、よかったですね。
　b ほとんどなかったそうです。よかったですね。
}

2 娘「この不景気だから、{
　a お姉さんの就職は難しいのではあるまいか。」
　b お姉さんの就職は難しいんじゃないかしら。」
}

　母「そうねえ。難しいかもしれないわねえ。」

3 a タバコは健康を害するおそれがありますので、
　b タバコは健康を害するに相違ありませんので、
} 吸いすぎに注意しましょう。(タバコの広告)

4 a 彼はニコニコしているとみえて、何かいいことがあったらしい。

　b 彼は何かいいことがあったとみえて、ニコニコしている。

5 a この薬を飲めば、病気が治りかねない。

　b 山川さんはこのままだと、病気になりかねない。

答は次のページにあります。

I 伝聞　聞いたことを伝える時

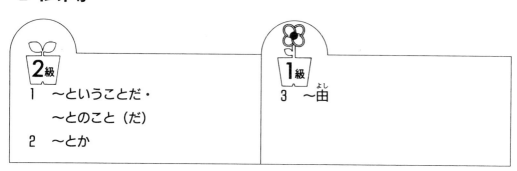

I・1　～ということだ・～とのこと（だ）【～そうだ／～と聞いている】

①今は田畑しかないが、昔はこの辺りが町の中心だった<u>ということだ</u>。

②新聞によると、あの事件はやっと解決に向かった<u>とのことです</u>。

③大統領の来日は今月10日<u>ということだった</u>が、来月に延期されたそうだ。また、今回は夫人は同行しないだろう<u>とのことだ</u>。

④お手紙によると、太郎君も来年はいよいよ社会人になられる<u>とのこと</u>、ご活躍を心から祈っています。✉

　この言い方は、直接的な引用という感じが強いので、「～」には推量や命令の形なども来る。「～ということだった」という形もある。

I・2　～とか【～そうだが／～と聞いたが】

①「テレビで見たんだけど北海道はきのう大雪だった<u>とか</u>。」

　「そうですか。いよいよ冬ですねえ。」

②「ニュースで聞いたんですけど、ゆうべ新宿で火事があった<u>とか</u>……あなたの住んでいる方じゃないですか。」

　「ええ、近くだったんです。5人も亡くなった<u>とか</u>で、大騒ぎでした。」

③来年は妹さんが日本へ留学のご予定だ<u>とか</u>。楽しみに待っています。✉

　1d　2b　3c　4e　5a　　　　1a　2b　3a　4b　5b

☞　　伝聞の「〜そうだ」や「「〜ということだ」より不確かな気持ちがある場合や、
はっきり言うことを避けたい時に使う。

 I・3　〜由【〜そうで】

①そちらでは紅葉が今が盛りとの由ですが、うかがえなくて残念です。✉
②来月は久しぶりに上京なさる由、その時はぜひご一報ください。✉
③別便で新米をお送りくださる由、家族一同楽しみに待っております。✉

☞　　手紙などで使う言葉。

II 推量　確かでないことについて自分がどう考えているかを言いたい時

2級

1　〜まい
2　〜まいか
3　〜おそれがある
4　〜かねない
5　〜に違いない
6　〜に相違ない
7　〜とみえて・〜とみえる

 II・1　〜まい【〜しないだろう】

①この事件は複雑だから、そう簡単には解決するまい。
②彼は人をだまして町を出て行ったのだから、二度とここへ戻ることはあるまい。
③この不況は深刻だから、安易な対策では景気の早期回復は望めまい。

☞　　「〜まい」は現代でも使われている古い語。
📖　　動詞の辞書形（動詞II・IIIは「〜ない形＋まい」もある。「する」は「すまい」
　　　もある）＋まい　　　　　　　　　　　　　　　　　　　→29課1「〜まい」

194

II・2　〜まいか【〜ないだろうか】

①山口さんはそう言うけれども、必ずしもそうとは言い切れないのではあるまいか。

②水不足が続くと、今年も米の生産に影響が出るのではあるまいかと心配だ。

③不況、不況というが、これがふつうの状態なのではあるまいか。

☞　　現代でも使われている古い語。主に「〜のではあるまいか」の形で文末に使い、「〜」ということを婉曲に言う表現。

◎◎◎　　1「〜まい」と同じ。

II・3　〜おそれがある

●「〜という悪いことが起こる心配がある」と言いたい時に使う。

①このガスは環境を破壊するおそれがあります。

②この薬は副作用のおそれがあるので、医者の指示に従って飲んでください。

③小中学校の週休二日制は子どもの塾通いを増加させるおそれがあると言われている。

◎◎◎　　連体修飾型　＋おそれがある

II・4　〜かねない

●「〜という悪い結果になる可能性がある」と言いたい時に使う。

①「そんな乱暴な運転をしたら事故を起こしかねないよ。」

②食事と睡眠だけはきちんととらないと、体を壊すことになりかねません。

③最近のマスコミの過剰な報道は、無関係な人を傷つけることにもなりかねない。

◎◎◎　　動詞の（ます）形　＋かねない

II・5　〜に違いない【きっと〜と思う】

①何度電話してもいないから、アリさんは旅行にでも行っているに違いない。

②彼は何も言わなかったが、表情から見て、本当のことを知っていたに違いない。

③着ている服や話し方からみて、あの人は出版関係の仕事をしている人に違いない。

④課のみんなが知らないということは、川田さんがちゃんと報告しなかったに違いない。

☞　6「～に相違ない」の☞を参照。

🔗　普通形型（な形容詞と名詞は「である型」。ただし、「である」がない場合もある）　＋に違いない

🎁 II・6　～に相違ない【きっと～だ】　👔 ✏️

①反対されてすぐ自分の意見を引っ込めたところを見ると、彼女は初めから自分の意見を信じていなかったに相違ない。

②彼の言ったことは事実に相違ないだろうとは思うが、一応調べてみる必要がある。

③不合格品がそれほど出たとは、製品の検査が相当厳しいに相違ない。

☞　5「～に違いない」と「～に相違ない」には断定の意味を表す使い方もある。

　　　・係りの人「この証明書はあなたのですね。」

　　　　学生　　「はい、私のに違いありません。」

　　　・30年ぶりに帰って来た山本さんは確かにわたしの昔の友人に相違なかったが、30年という歳月はずいぶん人間を変えるものだと思った。

🔗　5「～に違いない」と同じ。

🎁 II・7　～とみえて・～とみえる【～らしく／～らしい】

①夜遅く雨が降ったとみえて、庭がぬれている。

②母はまだ病気からすっかり回復していないとみえて、何をしても疲れると言う。

③彼の話を聞いたところでは、彼はこの計画に相当自信をもっているとみえる。

☞　ある事実を基にして、そこから推量することを述べる言い方。

🔗　普通形型（な形容詞と名詞は「だ」がない場合もある）　＋とみえて

26 伝聞・推量

A　どちらが正しいですか。正しい方の記号に○をつけなさい。

1　「リンさんは今週末には帰国したい $\left\{\begin{array}{l}\text{a　ということでしたが、}\\ \text{b　そうでしたが、}\end{array}\right\}$ 切符が取れず、

　　帰国を延期した $\left\{\begin{array}{l}\text{a　そうですよ。」}\\ \text{b　との由。」}\end{array}\right.$

2　最近お体の調子があまりよくない $\left\{\begin{array}{l}\text{a　とのこと、}\\ \text{b　そうで、}\end{array}\right\}$ どうぞご自愛ください。

3　上田「銀行の田中さんは何時ごろ来社される $\left\{\begin{array}{l}\text{a　とか?」}\\ \text{b　ということですか?」}\end{array}\right.$

　　山下「3時までには見える $\left\{\begin{array}{l}\text{a　とのことです。」}\\ \text{b　由。」}\end{array}\right.$

4　最近の木村さんの暗い顔を見ると、何か大きな問題でも抱えているのではある

　　$\left\{\begin{array}{l}\text{a　まい}\\ \text{b　まいか}\end{array}\right\}$ と気になる。

B　□□の中の言葉を使って文を完成しなさい。一つの言葉は1回しか使えません。

a　とみえて　　b　とのこと　　c　かねない
d　に違いない　　e　ということ

　　4月は新しいことが始まる月だ。部長の話では、わが社も20人の新入社員を迎える
1＿＿＿＿＿、しばらくは落ち着かない日が続くだろう。古い社員たちも、それなりに緊
張している2＿＿＿＿＿、いつもとは違った表情だ。誰もが新しい年度がスタートする緊
張感と新鮮さを感じている3＿＿＿＿＿。話によると、会社も近々、大型のコンピュータ
ーを入れる4＿＿＿＿＿だ。ぼくものんびりしていると、若いパワーに追い越され5＿＿＿＿＿
から、がんばろう。

心情の強調・強制

心情的強調・強制

その感じが強い、自然にそう感じる、または、心理的にそうしないことは避けられないということを言いたい時は、どんな言い方がありますか。

知っていますか

a ないわけにはいかない　　b ずにはいられなかった　　c たまらない

d ならなかった　　e ざるをえない

1 重そうな荷物を持っているおばあさんがいたので、持ってあげ_____。
2 虫歯ができたのか、今日は朝から歯が痛くて_____。
3 あの頃は定職がなかったので、将来のことが不安に思えて_____。
4 会には行けなかったが、行くと約束していたので会費を払わ_____。
5 保証人の海外転勤が決まってしまったので、外の方にお願いせ_____。

使えますか

1 大切な会議だから、
 { a 出席しないわけにはいかない
 { b 出席するわけにはいかない。

2 先日も彼の誘いを断ったから、
 { a 今日はつき合わないわけにはいかない。
 { b 今日はつき合わないではいられない。

3 彼の表情を見ると、
 { a どうもうそをついていたと言わざるをえない。
 { b どうもうそをついていたと言わずにはいられない。

4 a みつ子さんは朝から寒気がしてならない。
 b 朝から寒気がしてならない。今日は早く帰ろう。

5 このテレビゲームは
 { a 高くてたまらない。
 { b 楽しくてたまらない。

答は次のページにあります。

Ⅰ 心情の強調 そのような感じが強い、自然にそう感じるということを言いたい時

2級
1　〜てしかたがない・
　　〜てしょうがない
2　〜てたまらない
3　〜てならない

1級
4　〜てやまない
5　〜かぎりだ
6　〜といったらない・
　　〜といったらありはしない

Ⅰ・1　〜てしかたがない・〜てしょうがない【非常に〜だ】

●ある心や体の状態が「とても強くて抑えられない」という時に使う。

①いよいよあした帰国かと思うとうれしくてしかたがありません。

②自分の不注意でこんなことになってしまって、残念でしかたがない。

③彼がどうしてあんなことを言ったのか気になってしかたがないのです。

④ワープロを始めたせいか、この頃目が疲れてしょうがない。

☞　　ふつう、話す人の気持ちにだけ使う。このことは2「〜てたまらない」、3「〜てならない」、4「〜てやまない」、5「〜かぎりだ」についても同じ。三人称に使う時は文末に「〜ようだ、〜らしい、〜のだ」などをつける注意が必要。

Ⅰ・2　〜てたまらない【非常に〜だ】

●ある心や体の状態が「とても強い」と言いたい時に使う。

①かぜ薬のせいか、眠くてたまりません。

②試験のことが心配でたまらず、夜もよく眠れない。

③若い頃は親元を離れたくてたまらなかったが、今は親のことがたまらなく懐かしい。

④どうしたんだろう。今日は朝からのどが渇いてたまらない。

1b　2c　3d　4a　5e

1a　2a　3a　4b　5b

☞1　×病気の母のことを思うと涙が出てき<u>てたまらない</u>。

　　×体調が悪い時は周りのうるさい人たちがじゃまに思え<u>てたまらない</u>。

　　|「～てしかたがない」は自発を表す言葉（思える、泣ける、気になるなど）

にも使えるが、「～てたまらない」にはこの用法はない。

　　○病気の母のことを思うと涙が出てき<u>てしかたがない</u>。

　　○体調が悪い時は、周りのうるさい人たちがじゃまに思え<u>てしょうがない</u>。

☞2　|「～てしかたがない」の☞を参照。

I・3　～てならない【我慢できないほど～だ】
●ある心や体の状態がとても強くて「抑えられない」と言いたい時に使う。

①あの人はどうも悪いことを考えているのではないかという気がし<u>てならない</u>。

②この先、日本は危険なことが増えていくように思え<u>てならない</u>。

③この写真を見ているとふるさとのことが思い出され<u>てなりません</u>。

④この収入で家族が生活していけるのかと心配<u>でなりません</u>。

☞1　自発の意味を表す言葉と接続して、マイナスの気持ちを表すことが多い。

☞2　|「～てしかたがない」の☞を参照。

I・4　～てやまない【心から～ている】
●相手に対する祈りや願いの気持ちが強く、ずっとそう思っていると言いたい時。

①くれぐれもお大事に。一日も早いご回復を祈っ<u>てやみません</u>。✉

②「今後も会員の皆さまのご活躍を願っ<u>てやみません</u>。」

③水不足のため、水道が止まっているとのことですが、早く雨が降るように祈っ<u>てやみ</u>

<u>ません</u>。✉

☞1　祈る、願う、希望する、などの動詞とともに使う。ふつう、現在形で使う。

☞2　|「～てしかたがない」の☞を参照。

I・5　～かぎりだ【最高に～だと感じる】
●客観的に外の人が外側から見てわかることではなく、現在、自分が非常にそう感じ

ているという心の状態を表す。

①いよいよあしたは出発です。なんともうれしい<u>かぎりです</u>。

②鈴木さんはいつもさわやかに自己主張する。うらやましい<u>かぎりである</u>。

③大事な仕事なのに彼が手伝ってくれないなんて、心細い<u>かぎりだ</u>。

☞　Ⅰ「～てしかたがない」の☞を参照。

⦾⦾⦾　い形容詞の辞書形／な形容詞＋な／名詞＋の　＋かぎりだ

 Ⅰ・6　～といったらない・～といったらありはしない【～は口では表現できない
ほど～だと思う】

①海を初めて見たときの感激<u>といったらなかった</u>。

②がんばって自分の主張を通した時の吉田さんの態度の立派さ<u>といったらなかった</u>。

③山口さんの部屋の汚さ<u>といったらない</u>。足の踏み場もないくらいだ。

④朝から晩まで同じことの繰り返しなんて、ばかばかしい<u>といったらありゃしない</u>。

☞　プラスの評価でもマイナスの評価でも使えるが、「～といったらありゃしない」
はマイナス面だけで、特にくだけた言い方。　　　→17課5「～といったら」

Ⅱ 強制　外からの強い力があって、心理的にそうしないことは避けられないと言いたい時

2級	**1級**
1　～ないわけにはいかない	4　～ないではすまない・
2　～ざるをえない	～ずにはすまない
3　～ないではいられない・	5　～ないではおかない・
～ずにはいられない	～ずにはおかない
	6　～を禁じ得ない
	7　～を余儀なくされる

Ⅱ・1　～ないわけにはいかない【～しないことは避けられない／
どうしても～する必要がある】

●心理的、社会的、人間関係などの事情のために「～ないことは避けられない」と言い
たい時。

①今日は熱も少しあるけれども、会議でわたしが発表することになっているので、出

席しないわけにはいかなかった。

②25日は、取引先の会社の社長が初めて日本に来るので空港まで迎えに行か<u>ないわけに</u>
<u>はいかない</u>。

③あしたの試験に失敗したら進級できない。今日こそ勉強し<u>ないわけにはいかない</u>。

→22課2 「〜わけにはいかない」

II・2　〜ざるをえない　【どうしても〜しないことは避けられない／どうしても〜する必要がある】

●〜したくはないが、避けられない事情があるので「しかたなく〜する」と言う時。

①上司に命じられた仕事なら、いやでもやら<u>ざるをえない</u>。
②資金不足のために、この開発計画も今後大幅な修正をせ<u>ざるをえない</u>だろう。
③化学は好きではないが、必修だから取ら<u>ざるをえない</u>。
④倒産という事態になったのは、K氏に責任の大半があると言わ<u>ざるをえない</u>。

☞　「〜ざる」は古語から来た言葉で「〜ない」という意味。
　　「〜ざるをえない」はⅠ「〜ないわけにはいかない」より強制力が強い。

🔗　動詞の（ない）形　＋ざるをえない

II・3　〜ないではいられない・〜ずにはいられない　【どうしても〜しないでいることはできない】

●ものごとの様子や事情を見て、自分の心の中で〜しようという気持ちが起こって、抑えられない時の表現。

①わたしは林さんの困った様子を見て、助け<u>ないではいられ</u>なくなったのです。
②店の仕事と、子どもの世話と、お父さんの看病という花子の忙しさを見たら、何か
　手伝わ<u>ずにはいられない</u>。
③おもしろい！　読み始めたら、終わりまで読ま<u>ずにはいられない</u>。（本の広告から）
④地震の被災者のことを思うと、早く復興が進むようにと願わ<u>ずにはいられません</u>。

☞　×林さんは困った人を見ると助けないではいられない。
　　×チンさんは泣かずにはいられない。
　　話す人の気持ちを表す文であるから、三人称に使う時は文末に「〜ようだ、
　　〜らしい、〜のだ」などをつける注意が必要である。

◎◎◎　　動詞の（ない）形（「する」は「せずにはいられない」）　＋ずにはいられない

II・4　〜ないではすまない・〜ずにはすまない【必ず〜しなければならない】

●その場、その時の状況、社会的ルールを考えると「そうしないことは許されない」

または「自分の気持ちからそうしなければならない」と言いたい時。

①大切なものを壊してしまったのです。買って返さないではすまないでしょう。

②「彼はかなり怒っているよ。ぼくらが謝らないではすまないと思う。」

③検査の結果によっては、手術せずにはすまないだろう。

④今回林さんにあんなに世話になったのだから、ひとことお礼に行かないではすまない。

☞　　5「〜ないではおかない」の☞を参照。

◎◎◎　　3「〜ずにはいられない」と同じ。

II・5　〜ないではおかない・〜ずにはおかない【必ず〜する】

●「〜しないでおく、ということは許さない。必ず〜する」という強い気持ち、意欲、

方針があるときの言い方。

①マナーが悪い人は罰しないではおかないというのが、この国の方針です。

②あの刑事はこの殺人事件の犯人は逮捕せずにはおかないと言っている。

③チームに弱いところがあれば、敵はそこを攻めずにはおかないだろう。

④政府は急に方針を変えた。野党はそこを攻撃せずにはおかないだろう。

☞　　「〜ないではすまない・〜ずにはすまない」は受身的で消極的な言い方。

　　　「〜ないではおかない・〜ずにはおかない」は能動的で積極的な言い方。

◎◎◎　　3「〜ずにはいられない」と同じ。

II・6　〜を禁じ得ない【〜を抑えることができない】

●ものごとの様子や事情を見て、心の中から自然にそのような気持ちが起こってきて

「抑えることができない」と言いたい時。

①戦災で家も夫も失い、小さい子どもを抱えて逃げ回ったという彼女の話を聞いて、わ

たしは涙を禁じ得なかった。

②建てたばかりの家が地震で壊れてしまったそうだ。まったく同情を<u>禁じ得ない</u>。
③今回の県知事の不正行為は、税金を納めている県民として怒りを<u>禁じ得ない</u>。

 1　「〜」には感情を表す言葉（名詞、する動詞の名詞）が来る。

 2　×ヤンさんは林さんの様子を見て、涙を禁じ得ない。

　　　×アリさんは政治家の不正行為に怒りを禁じ得ない。

　　話す人の感情を表す文であるから、ふつう一人称（わたし、わたしたち）の文
　　に使う。

II・7　〜を余儀なくされる【しかたなく〜する】

●「自然や自分の力では及ばない強い力でしかたなく〜する」という表現。

①せっかく入った大学であったが、次郎は病気のため退学を<u>余儀なくされた</u>。
②国民の高齢化を支えるため、国民は税の高負担を<u>余儀なくされる</u>こととなる。
③地震で家を失った人々は学校の校庭や公園でのテント暮らしを<u>余儀なくされた</u>。

　　　「〜を余儀なくさせる」は立場が反対の表現である。

　　　　　・太郎は役者になりたかったのだが、家庭の事情は太郎に家の商売を継ぐ

　　　　　　ことを<u>余儀なくさせた</u>。

　　　　　・人件費の高くなったことが新しい支店開設の中止を<u>余儀なくさせた</u>。

練習　　27　心情の強調・強制

の中の適当な言葉を使って、次の文の下線の言葉を言い換えなさい。

```
a　てたまりません　　b　てなりません
c　てやみません　　　d　ざるをえません
```

204

1　彼が何か悩んでいるような気がとても強くします。

（　　　　　　　　　　　　　）

2　まだ体調がよくないのですが、人手が足りないので今日からどうしても出勤しなければなりません。

（　　　　　　　　　）

3　この頃、国のことが思い出されてとても寂しいです。

（　　　　　　　　　　　　　）

4　一日も早く被災地が復興することを心から願っています。

（　　　　　　　　　　　　）

a　ないわけにはいかない　　b　ないではいられない

c　ないではすまない　　d　ないではおかない

5　わたしは細かいこともどうしても確かめないでいることはできない性格なのだ。

（　　　　　　　　　　　　）

6　失礼なことを言ってしまったのだから、お詫びしないですませることはできないと思う。（　　　　　　　　　　　）

7　これ、先生に頼まれた仕事だから、どうしてもやる必要がある。

（　　　　　　　　　　　）

8　今度あいつに会ったら、ひとこと必ず謝らせるぞ。

（　　　　　　　　　　　）

a　かぎりだ　　b　といったらない

c　を禁じ得ない　　d　を余儀なくされた

9　クラスのヤンさんのスピーチのうまさは本当にすごい。本当にうらやましい。

（　　　　　　　　　）（　　　　　　　　　　）

10　働き過ぎて体を壊し、しかたなく退職した山田さんの心情を思うと、同情を抑えられない。　　　（　　　　　　　　　）（　　　　　　　　　）

誘い・勧め・注意・禁止　邀請・建議・提醒・禁止

相手を誘ったり、勧めたり、要求などをしたりしたい時は、どんな言い方がありますか。

知っていますか

a べきだ　b ものではない　c ことだ　d こと　e ことはない

1 電車の中で騒いでいる子どもを見たら、ひとこと注意す_____。

2 疲れたな、と感じたら、とにかく休養をとる_____よ。

3 集合時間：午前8時30分。時間厳守の_____。（「お知らせ」などで）

4 携帯電話は、公共の場所ではやたらに使う_____。

5 この書類はオリジナルが1部あれば十分だ。コピーをとる_____。

使えますか

1 先生、この点について
- a もう一度説明していただきたいのですが。
- b もう一度説明することですよ。

2 年長者にはていねいな言葉を
- a 使わないものではない。
- b 使うものだ。

3 a 予定に変更があった時は、関係者にすぐ知らせるべきだ。

　b 車を運転するには、まず免許を取るべきだ。

4 何もそんなことで
- a 泣くことはないでしょう。
- b 泣くものはないでしょう。

5 この案を直ちに実行に
- a 移すのではないか。
- b 移そうではないか。

答は次のページにあります。

誘い・勧め・注意・禁止　相手を誘ったり、勧めたり、要求などをしたりしたい時

2級

1　〜う（よう）ではないか
2　〜ことだ
3　〜こと
4　〜ものだ・〜ものではない
5　〜べき・〜べきだ・
　　〜べきではない
6　〜ことはない

1級

7　〜べからず・〜べからざる

 1　〜う（よう）ではないか【〜しよう】

● 「一緒に〜しよう」と誘いかける時の言い方。

①これからは少しでも人の役に立つことを考えようではないか。
②環境問題について、具体的に自分にはどんなことができるのか、一つひとつリスト
　に書いてみようではないか。
③「旅行の費用を積み立てるというのはいい考えですね。さっそく、わたしたちも来月
　から始めようじゃありませんか。」

 2　〜ことだ【〜しなさい】

●相手のために「〜した方がいい／〜しない方がいい」と注意したい時。

①外の人に頼らないで、とにかく自分でやってみることだ。
②「あなたは病人なんだから、お酒はいけません。誘われても飲まないことです。」
③上級の読解力をつけたいのなら、毎日、新聞を読むことだ。

☞　　話す人が個人の意見や判断を助言や忠告として言う言い方。

---

　1 a　2 c　3 d　4 b　5 e　　　　　1 a　2 b　3 a　4 a　5 b

動詞の辞書形・〜ない形　＋ことだ　　　　　　　→30課 2 「〜ことだ」

 3　〜こと【〜しなさい】
●学校、団体などで「〜しなさい」「〜してはいけない」と書いて伝える時の表現。

①レポートは10日までに提出する<u>こと</u>。
②あしたは赤鉛筆を忘れない<u>こと</u>。
③11月 3 日は10時に駅前に集合の<u>こと</u>。

☞　黒板や配布用のプリントなどに書いたり、時には口で伝えたりする。
　動詞の辞書形・〜ない形　＋こと

 4　〜ものだ・〜ものではない【〜するのが当然だ／〜しないのが当然だ】

①「もう10時半だよ。早く寝なさい。子どもは10時前に寝る<u>ものだ</u>。」
②無駄づかいをする<u>もんじゃない</u>。お金は大切にする<u>ものだ</u>。
③弱い者いじめをする<u>ものじゃない</u>よ。
④「お見舞いに鉢植えの花は持って行かない<u>ものです</u>よ。」

☞　個人の意見ではなく、道徳的、社会的な常識について説教したりする時の表現。
　動詞の辞書形・〜ない形　＋ものだ　　→30課 4 「〜ものだ」、30課 5 「〜ものだ」

 5　〜べき・〜べきだ・〜べきではない【〜した方がいい／〜しない方がいい】
●「〜するのが、または〜しないのが人間としての義務だ」と言いたい時の表現。

①「 1 万円拾ったんだって。そりゃあ、すぐに警察に届ける<u>べきだ</u>よ。」
②親が生きているうちにもっと親孝行する<u>べきだった</u>、と後悔している。
③現代はなにごとも地球規模で考える<u>べきだ</u>。
④女性に年齢を聞く<u>べきではない</u>。

☞ 1　話す人が義務だと主張したり、忠告したりしたい時に使う。
☞ 2　×海外旅行に行く時はパスポートを持って行く<u>べきだ</u>。
　　　規則や法律で決まっている場合は「〜なければならない」を使う。

○海外旅行に行く時はパスポートを持って行かなければならない。

◎◎◎　動詞の辞書形（「する」は「すべきだ」の形もある）　＋べきだ

6　～ことはない【～する必要はない／～しなくてもいい】

①「怖がることはないよ。あの犬は、体は大きいけれど性質はおとなしいから。」

②けがで試験を受けられなくても、再試験があるから心配することはない。

③電話で済むのだから、わざわざ行くことはありません。

④パーティーといっても、親しい友達が集まるだけなんだから、なにも着替えることは
ない。

☞　忠告、助言的な言い方。

共起　なにも～ことはない、わざわざ～ことはない

◎◎◎　動詞の辞書形　＋ことはない

7　～べからず・～べからざる【～してはいけない】

①録音中。ノックするべからず。

②昔はよく立て札に「ここにごみを捨てるべからず」などと書いてあった。

③彼は母親に対して言うべからざることを言ってしまったと後悔している。

☞1　禁止の古い言い方。張り紙、掲示板、立て札など。今はあまり用いられない。

☞2　「～べからざる」は名詞につながる形。

◎◎◎　動詞の辞書形　＋べからず

練習

28　誘い・勧め・注意・禁止

□の中から適当な言葉を選んで、次の会話を完成しなさい。一つの言葉は１回しか使
えません。

1　「大学に入ったのに、新しい友達がなかなかできなくて……。」

　　「人間関係を広げるには、専攻の同じ人とだけでなく、違う科や学部の人とも話し

　　てみる＿＿＿＿よ。」

2　「最近、みんな自分の仕事が忙しくて互いに連絡が不徹底なことがよくあるね。」

　　「朝、仕事を始める前に簡単なミーティングの時間があるといいですね。さっそく

　　課長に提案してみ＿＿＿＿。」

3　「おじいちゃん、これ、何という意味？」

　　「『ここに駐車する＿＿＿＿』か。車を止めてはいけないっていう意味だよ。」

4　（子どもたちが図書室で漫画を見ながらペチャクチャおしゃべりをしている。）

　　「『図書室では静かにする＿＿＿＿』って書いてあるよ。おしゃべりなんかする＿＿

　　＿＿よ。」

5　乗客「A駅へ行きたいんですが、B駅で急行に乗り換えた方がいいでしょうか。」

　　駅員「お急ぎじゃなければ、わざわざ乗り換える＿＿＿＿と思います。2、3分の違

　　　　いですから。」

6　「最近、忙しくてなかなか家族と一緒に食事もできないんですよ。」

　　「そうですか。そろそろ我々もこういう生活を改める＿＿＿＿と思いますね。仕事の

　　ために個人の大切なものを犠牲にし続ける＿＿＿＿と思います。」

主張・断定

気持ちを込めて主張する時は、どんな言い方がありますか。

知っていますか

a まい　b にほかならない　c にきまっている　d にすぎない

e しかない

1 こんなに無理をしたら、病気になる_____。
2 危ない山にはもう登る_____と思うけれど、やっぱりまた登りたくなる。
3 わたしの論文は、論文というよりレポートという程度のもの_____。
4 あした手術をする。今はもう神に祈る_____。
5 彼が子どもに厳しくするのは、彼の子どもに対する愛情_____。

使えますか

1 a もうテレビゲームはやめるまいと決心したが、
　 b もうテレビゲームはやるまいと決心したが、　} やっぱりやってしまう。

2 大人になるということは、{ a 親からの独立にほかならない。
　　　　　　　　　　　　　{ b 親から独立するにほかならない。

3 この文の本当の意味がわかった人は、{ a ほんの数人にすぎなかった。
　　　　　　　　　　　　　　　　　　{ b 10人中8、9人にすぎなかった。

4 あの時は病気だったのだから、{ a 休職するしかなかった。
　　　　　　　　　　　　　　　{ b 休職したしかなかった。

5 たくさん働いた人の方が給料が少ない。{ a これでは不公平ということだ。
　　　　　　　　　　　　　　　　　　　{ b これでは不公平というものだ。

答は次のページにあります。

主張・断定 気持ちを込めて主張する時

 1 〜まい【〜のはやめよう】

●強い否定の意志を表す。

①鈴木さんは無責任な人だ。もう二度とあんな人に仕事を頼むまい。

②もう決して戦争を起こすまいと、わが国は固く決心したはずです。

③考えまい、考えまいとするけれど、やっぱりあしたのことが気になって眠れない。

動詞の辞書形（動詞Ⅱ、Ⅲは「（ない）形＋まい」もある。するは「すまい」
もある）　＋まい　　　　　　　　　　　　　　　→26課Ⅱ・1「〜まい」

2 〜にほかならない【〜以外のものではない】

●「絶対に〜だ、〜以外のものではない」と断定したい時。

①文化とは国民の日々の暮らし方にほかならない。

②山川さんが東京で暮らすようになってもふるさとの方言を話し続けたのは、ふるさと
への深い愛着の表れにほかならない。

　1c　2a　3d　4e　5b　　　　　1b　2a　3a　4a　5b

③彼が厳しい態度を示すのは、子どもの将来のことを心配するから<u>にほかならない</u>。

◯◯◯　普通形型（な形容詞と名詞は「である型」。ただし、「である」がない場合もある）　＋にほかならない

 3　～にきまっている【きっと～だ／必ず～だ】

①そんな暗いところで本を読んだら目に悪い<u>にきまっている</u>。
②今週中に30枚のレポートを書くなんて無理<u>にきまっています</u>。
③「デパートよりスーパーの方が品物が安い<u>にきまっている</u>よ。スーパーへ行こう。」

☞　推量に近い意味を表す使い方もある。
　・選挙では林氏が当選する<u>にきまっている</u>。なにしろこの土地の有力者だから。
　・こんなに急にやせるなんて変だ。きっと何か悪い病気<u>にきまっている</u>。
　・この字は彼が書いた<u>にきまっています</u>。わたしは彼の字のくせをよく知っています。
◯◯◯　普通形型（な形容詞と名詞は「である型」。ただし、「である」がない場合もある）　＋にきまっている

4　～にすぎない【ただ～だけだ】

●「それ以上のものではない、ただその程度のものだ」と言って、程度の低さを強調する時。

①「あなたはギリシャ語ができるんですってね。」
　「いいえ、ただちょっとギリシャ文字が読める<u>にすぎません</u>。」
②この問題について正しく答えられた人は、60人中わずか3人<u>にすぎなかった</u>。
③わたしは無名の一市民<u>にすぎません</u>が、この事件について政府に強く抗議します。
④彼はただ父親が有名である<u>にすぎない</u>。彼に実力があるわけではない。

共起　ただ～にすぎない、ほんの～にすぎない
◯◯◯　普通形型（な形容詞と名詞は「である型」。ただし、「である」がない場合もある）　＋にすぎない

5　～しかない・～(より)ほか(は)ない・～ほか(しかたが)ない【～以外に方法はない】

①この事故の責任はこちら側にあるのだから、謝る<u>しかない</u>と思う。

②ビザの延長ができなかったのだから、帰国する<u>しかない</u>。

③当時わたしは生活に困っていたので、学校をやめて働く<u>ほかなかった</u>。

④この病気を治す方法は手術<u>しかない</u>そうです。緊急に入院する<u>ほかありません</u>。

⊂⊃　　動詞の辞書形／名詞　＋しかない

6　～というものだ【心から～だと思う】

●話す人がある事実を見て それについて批判、感想を断定的に言う時。

①子どもの遊びまでうるさく言う親……。あれでは子どもがかわいそう<u>というものだ</u>。

②あの議員は公費で夫人と海外旅行をした。それはずうずうしい<u>というものだ</u>。

③困った時こそ手をさしのべるのが真の友情<u>というものでしょう</u>。

④長い間の研究がようやく認められた。努力のかいがあった<u>というものだ</u>。

☞　　過去形や否定形はない。いつも「～というものだ」の形で使う。

⊂⊃　　普通形型（な形容詞と名詞は「だ」がない場合もある）　＋というものだ

7　～までだ・～までのことだ・～ばそれまでだ【～以外に方法はない】

●「外に適当な方法がないから、そうする」という覚悟、決意を表す。

①この台風で家までの交通機関がストップしてしまったら、歩いて帰る<u>までだ</u>。

②これだけがんばってどうしてもうまくいかなかった時は、あきらめる<u>までだ</u>。

③彼女がどうしてもお金を返さないと言うのなら、しかたがない。強行手段に出る<u>までのことだ</u>。

④高い車を買っても、事故を起こせ<u>ばそれまでだ</u>。

⑤いくらお金をためても、死んでしまえ<u>ばそれまでだ</u>。

☞　　④⑤は、「そうなったら、すべてが無駄になってしまう」と言いたい時の表現。

⊂⊃　　動詞の辞書形　＋までだ　　　　　　→24課II・12「～までだ・～までのことだ」

8 〜に（は）あたらない【〜ほどのことではない】

①彼の才能なんてたいしたことはない。驚くにあたらないと思う。

②この絵は上手だけれど有名な画家のまねのようだ。感心するにはあたらない。

③山田さんの成功は親の援助に負うところが大きいのです。称賛にはあたりません。

☞ 「〜」には驚く、感心する、ほめる、称賛などの言葉が来ることが多い。

◎◎◎ 動詞の辞書形／する動詞の名詞 ＋にはあたらない

9 〜でなくてなんだろう【これこそ〜そのものだ】

①彼は体の弱い妻のために空気のきれいな所へ引っ越すことを考えているようだ。これが愛でなくてなんだろう。

②親鳥は北の国へ帰る日が来てもけがをした子鳥のそばを離れようとはしなかった。これが親子の情愛でなくてなんだろう。

③上田さんはぜいたくはせず、つねに人々のためを考えた。これが指導者の姿勢でなくてなんだろう。

☞ 2「〜にほかならない」と同意だが、「〜にほかならない」が断定的であるのに対して、「〜でなくてなんだろう」は、より主観的で感情がこもっている。

29 主張・断定

□の中の言葉を使って下の文を完成しなさい。一つの言葉は1回しか使えません。

I

| a まい b にほかならない c にきまっている d しかない |
| e にすぎなかった f というものだ g にはあたらない |

息子の太郎はバイクの腕がいい。（もっともこんなことはほめる_1_____が……）し

かし、一度大けがをしてからは、もうバイクには乗る2＿＿＿＿＿と決心したようだった。でも、それは一時的な決心3＿＿＿＿＿。夫はあの事故の後、彼からバイクをとりあげてしまった。もちろん太郎のことを心配するから4＿＿＿＿＿。しかし、あれでは太郎がかわいそう5＿＿＿＿＿。太郎もまもなく二十歳。バイクが危険なことはわかっている6＿＿＿＿＿。わかっていて乗るのだ。わたしは、今はもうあの子の好きなようにさせる7＿＿＿＿＿と思っている。

II

a まい	b にほかならない	c にきまっている
d にすぎない	e ほかない	f というものだ
g までだ	h にはあたらない	i でなくてなんだろう

1 親がわたしの気持ちをわかってくれないのなら、家を出る＿＿＿＿＿。

2 この作品は大作ではあるけれど、内容がどうも低俗ですね。優秀作として掲載する＿＿＿＿＿と思います。

3 この病気を治すためには、入院して手術を受ける＿＿＿＿＿でしょう。

4 日本が資源問題に関心をもってきた理由は、日本が資源に乏しい国だから＿＿＿＿＿。

5 自由をあきらめるくらいなら、わたしは一生結婚する＿＿＿＿＿。

6 この質問の意味が理解できる人は、100人中5人＿＿＿＿＿。

7 やりたくないからやらないなんて、君、それはわがまま＿＿＿＿＿よ。

8 あれほどの事故だったのに全員無事だった。これが奇跡＿＿＿＿＿。

9 無理なダイエットをするより、健康的に食べてよく運動するのがいい＿＿＿＿＿。

30

感嘆・願望

感激して言ったり、感情や願いを強く言ったりする時は、どんな言い方がありますか。

知っていますか

a たいものだ　b ことだ　c ことに　d ものだ　e ないものか

1 無事に赤ちゃんが生まれたようだ。本当にめでたい_____。

2 父は、時間があると、よくわたしを魚つりに連れて行ってくれた_____。

3 残念な_____、山田さんは今年は奨学金がもらえなかったそうだ。

4 ビンさんは、年をとる前になんとかして一度故郷へ帰り_____と、いつも言っている。

5 雑誌の記事の締め切りが迫ってくると、なんとかして時間が止まってくれ_____と思う。

使えますか

1 残念なことに、
 { a わたしはこの会社をやめさせられたのです。
 { b わたしはこの会社をやめるつもりです。

2 大学時代、よく田中君と
 { a この喫茶店に入ったものだ。
 { b この喫茶店に入ったことか。

3 a 大きくなったことに、あの子がこんな料理を作れるようになったのか。

 b あの子がこんな料理を作れるようになったのか。大きくなったものだ。

4 なんとかして今日中にこの仕事を
 { a 終わらせたいものだ。
 { b 終わらせないことか。

5 a コンピューターでこんなことまでできるとは、
 b コンピューターでこんなことまでできるのは、
 } 驚いた。

答は次のページにあります。

217

感嘆・願望 感激して言ったり、感情や願いを強く言ったりする時

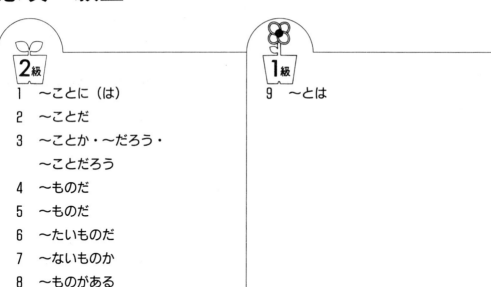

2級
1　～ことに（は）
2　～ことだ
3　～ことか・～だろう・
　　～ことだろう
4　～ものだ
5　～ものだ
6　～たいものだ
7　～ないものか
8　～ものがある

1級
9　～とは

1　～ことに（は）【非常に～ことだが】

●感情を表す言葉につく。話す人がある事実についてどう感じたかを強く言う時。

①驚いたことに、保守政党と革新政党が共に手を組んで連立内閣を作った。

②不思議なことに、何年も実がならなかった柿の木に今年はたくさん実がなった。

③悔しいことには、１点差でA校とのバスケットの試合に負けてしまった。

④うれしいことに、来年カナダに留学できそうだ。

　　　　×うれしいことに、来年カナダに留学するつもりだ。
　　　　後の文に、話す人の意志を表す文は来ない。
　　　　連体修飾型（名詞につく例はない）＋ことに（は）

2　～ことだ【非常に～だ】　

●話す人がある事実について、どう感じたかを感情を込めて言いたい時。

　1b　2d　3c　4a　5e　　　　　1a　2a　3b　4a　5a

218

①弟がＫ大学に合格できた。本当にうれしいことだ。

②ここで遊んだのは、もう30年も前のことだ。ああ、懐かしいことだ。

③５年ぶりに兄がロシアから帰って来る。うれしいことだ。

☞　　感情を表す形容詞につくことが多い。

◯◯◯　　1「～ことに（は）」と同じ。　　　　　　　　　　　　　→28課２「～ことだ」

 3　～ことか・～だろう・～ことだろう【非常に～だ】
●心に強く感じたことや感激したことを感情を込めて言う時。

①小鳥が死んだ時、あの子がどんなに悲しんだことか。

②早く病院に行きなさいと何度注意したことか。手遅れだったとは本当に残念だ。

③「ああ、なんときれいな夕焼けでしょう。」

④気の合った友達と酒を飲みながら話すのはなんて楽しいんだろう。

⑤不幸な中で、幸せな日々を思い出すのはなんと辛いことだろう。

共起　　なんと～ことか、どんなに～だろう、いかに～だろう、何＋助数詞＋～ことか

 4　～ものだ【よく～したなあ】
●昔よくしたことを思い出して、懐かしんで感情を込めて言う時。

①子どもの頃、寝る前に父がよく昔話をしてくれたものだ。

②小学校時代、兄弟げんかをしてよく祖父に叱られたものだ。

③学生の頃は、この部屋で夜遅くまで酒を飲み、歌を歌い、語り合ったものだ。

共起　　よく～ものだ
◯◯◯　　動詞の～た形　＋ものだ　　　　　　　　　　→28課４「～ものだ・～ものではない」

 5　～ものだ【本当に～だなあ】
●心に強く感じたことや、驚いたり感心したりしたことを感情を込めて言う。

①小さな子どもがよくこんな難しいバイオリンの曲をひくものだ。大したもんだ。

②タンさんは家族を亡くし、たった一人で今日までよく生きてきたものだ。

③月日のたつのは早い<u>もので</u>、この町に引っ越して来たのはもう20年も前のことだ。

④知らない国を旅して、知らない人々に会うのは楽しい<u>ものだ</u>。

◎◎◎　連体修飾型（名詞につく例はない）　＋ものだ　→28課4「～ものだ・～ものではない」

6　～たいものだ【～たいなあ】

●実現が難しいことを強く願ったり、望んだりする時の言い方。

①ライト兄弟は子どもの頃からなんとかして空を<u>飛びたいものだ</u>と思っていた。

②今年こそ海外旅行を<u>したいものだ</u>。

③20世紀の終わりまでに、環境問題を少しでも<u>解決したいものだ</u>。

共起　　なんとか～たいものだ、なんとかして～たいものだ

7　～ないものか【～ないだろうか】

●非常に強い願いを何かの方法で実現させたいという気持ちを言いたい時。

①人々は昔からなんとかして年をとらずに長生き<u>できないものか</u>と願ってきた。

②なんとかして世界を平和に<u>できないものか</u>。

③なんとか母の病気が<u>治らないものか</u>と、家族はみんな願っている。

共起　　なんとかして～ないものか、なんとか～ないものか

8　～ものがある【相当～だ／なんとなく～と感じる】

●話す人が、ある事実から感じたことを感情をもって言う時の表現。

①中学校の古い校舎が取り壊されるそうだ。思い出の校舎なので、わたしにとって残念<u>なものがある</u>。

②卒業後はわたしだけ村に残って、友達はみんな都会に出て行ってしまうのだ。ちょっと寂しい<u>ものがある</u>。

③あの若さであのテクニック！　彼の演奏にはすごい<u>ものがある</u>。

☞　　「～」には話す人の感情を表す言葉が来ることが多い。

◎◎◎　連体修飾型（現在形だけ。名詞につく例はない）　＋ものがある

9 ～とは【～という事実は／～ということは】

●「～」という事実を見たり聞いたりして、驚いた時や特別の感想をもった時に言う。

①いつもはおとなしい山下さんがそんなことまで言う<u>とは</u>意外でした。

②今日がわたしの誕生日だということを覚えていてくださる<u>とは</u>、感激しました。

③信じられないなあ、このわたしがR大学に入学できた<u>とは</u>。

④何でも機械がやってくれる<u>とは</u>、ありがたい世の中になったものだ。

☞ 前の文では知ったことなどについて言い、後の文には驚きなどを表す文が来る。

30 感嘆・願望

の中から最も適当な言葉を選んで、その記号を＿＿＿の上に書きなさい。一つの言葉は１回しか使えません。

| a ないものか | b ものがある | c とは | d ことだ |
| e ものだ | f たいものだ | g だろう | h ことに |

1 巣立って行った子どもたちがこうやって１年に数回帰って来て家族がそろうのはうれしい＿＿＿。

2 昔の子どもたちは年齢の大きい子も小さい子も一緒になって外で遊んだ＿＿＿。

3 幸運な＿＿＿、妹は事故のあった電車には乗っていなかったということだ。

4 今年こそジョギングを生活の習慣にし＿＿＿。

5 あのおとなしい健ちゃんが今や、しゃべるのが商売の弁護士になっている＿＿＿、本当に驚いた。

6 なんとかしてこの商談を成立させることができ＿＿＿と、毎日、交渉を重ねている。

7 新人が入って半年もたたないうちに新人らしい新鮮さを失ってしまうのを見るのは、ちょっと寂しい＿＿＿。

8 A商社の受付の人は、なんときれいな人＿＿＿。

索引（50音順）

は

ま

練習問題の解答

1 A　1 b　2 b　3 a　4 a　5 a　B　1 f　2 e　3 d　4 a　5 b　6 c
C　1 c　2 b　3 a　4 d　5 e

2 A　1 a　2 b　3 b　4 b　5 a　B　1 a　2 g　3 ×　4 d　5 f　6 b
7 ×　8 c　9 e　C　1 f　2 e　3 a　4 d　5 c　6 b

3 A　I　1 c　2 d　3 a　4 b　5 e　6 f　7 g　II　1 c　2 e　3 a
4 b　5 d　B　1 b　2 b　3 b　4 b　5 a　6 a

4 A　1 b　2 e　3 c　4 f　5 g　6 d　7 a　B　1 を　2 ×　3 に　4 で
5 に　6 を　7 ×　8 で　9 に　10 ×

5 1 b 立ち上がったとたん　2 c 相談した上で　3 d 卒業して以来　4 e 片づけるそばから
5 a やみ次第　6 f 考えてからでないと　7 b 温かいうちに　8 a 工事開始に先立って
9 d 着いたかと思うと　10 c 入院してはじめて　11 e 入院してからというもの

6 A　1 b　2 b　3 a　4 a　5 b　6 a　7 a　B　1 b　2 a　3 d　4 f
5 c　6 e

7 A　1 c　2 g　3 h　4 d　5 a　6 i　7 j　8 b　9 e　10 f　B　1 c
2 a　3 e　4 b　5 d

8 A　I　1 c　2 f　3 a　4 e　5 b　6 g　7 d　II　1 c　2 g　3 d　4 f　5 a
6 b　7 e　B　1 e　2 b　3 a　4 d　5 c

9 A　1 a　2 b　3 b　4 a　B　1 b　2 a　3 b　4 b　5 a　C　1 a　2 c　3 d
4 b　5 f　6 e

10 A　1 j おくっている一方で　2 c 受けるかわりに　3 h 人間にかわって　4 d 口に合わないどころか
5 a 希望に反して　6 g 読みやすい反面　7 f 言おうか言うまいか　8 b 裏切られるくらいつらいことはな
い　9 i それにもまして　10 e しないまでも　B　1 c　2 g　3 b　4 f　5 e　6 a　7 d

11 I　1 b　2 f　3 c　4 a　5 d　6 e　II　1 b　2 e　3 f　4 d　5 c　6 a

12 A　I　1 f　2 e　3 c　4 a　5 d　6 b　II　1 a　2 c　3 e　4 f　5 b　6 d
B　1 c・オ　2 d・カ　3 f・キ　4 b・ア　5 g・ウ　6 h・イ　7 e・エ

13 1 d　2 a　3 g　4 f　5 e　6 b　7 c

14 1 a　2 a　3 b　4 b　5 b　6 a　7 a　8 b　9 a

15 1 b　2 a　3 c　4 a　5 c　6 b　7 b a c

16 1 d　2 e　3 b　4 f　5 a　6 c　7 b　8 a　9 d　10 c　11 e

17 A　I　1 a　2 b　3 d　4 e　5 c　6 f　II　1 c　2 b　3 e　4 a　5 f　6 d
B　1 d　2 a　3 b　4 f　5 e　6 c

18 A　1 c　2 d　3 a　4 b　5 e　B　1 d　2 b　3 a　4 g　5 c　6 e　7 h
8 f

19 A　1 b　2 e　3 d　4 a　5 c　6 d　7 e　8 b　9 a　10 c　11 d　12 a　13 b
14 e　15 c　B　1 b よかったおかげで　2 a うれしさのあまり　3 c 買ったばかりに　4 e 好きなも
のだからこそ　5 d 春休みだけに　6 d 大金持ちではあるまいし　7 b 買ってもらったからには　8 a 田
中さんのことだから　9 e しているところをみると　10 c 心配すればこそ

20 1 b 行くとしたら　2 e 協力をぬきにしては　3 a 研究費さえあれば（研究費がありさえすれば）　4 h
渡したら最後　5 d やめられるものなら　6 j 木村さんのためとあれば　7 c 会ってみないことには　8 f
しようものなら　9 i 友情なくして（は）　10 g 示さないかぎり

21 1 たとえ病気になっても　2 何と言われようと　3 雨が降ろうが雪が降ろうが　4 忠告したところで　5 する
としても　6 親友といえども　7 どちらにせよ　8 誰であれ　9 男だろうと女だろうと　10 帰国しようとするまい
と（すまいと）

22 A　1 b いたしかねます　2 c 直しようがない　3 a 泊めてあげるわけにはいかない　4 c とりようがない
5 a 休むわけにはいかない　6 b 言い出しかねて　B　1 c　2 d　3 b　4 e　5 a　6 f

23 1 a　2 b　3 a　4 a　5 a　6 a　7 b　8 a　9 b　10 a

24 I　1 d　2 b　3 a　4 c　5 f　6 e　II　1 b　2 c　3 e　4 f　5 a　6 g
7 d

25 I　1 b　2 e　3 a　4 c　5 d　II　1 a　2 d　3 b　4 c

26 A　1 a a　2 a　3 b a　4 b　B　1 b　2 a　3 d　4 e　5 c

27 1 b 気がしてなりません　2 d 出勤せざるをえません　3 a 寂しくてたまりません　4 c 願ってやみません
5 b 確かめないではいられない　6 c お詫びしないではすまない　7 a やらないわけにはいかない　8 d
謝らせないではおかない（謝らせずにはおかない）　9 b うまさといったらない　a うらやましいかぎりだ　10 d
退職を余儀なくされた　c 同情を禁じ得ない

28 1 h　2 c　3 f　4 a e　5 b　6 d g

29 I　1 g　2 a　3 e　4 b　5 f　6 c　7 d　II　1 g　2 h　3 e　4 b　5 a
6 d　7 f　8 i　9 c

30 1 d　2 e　3 h　4 f　5 c　6 a　7 b　8 g

参考文献

教科書

東海大学留学生別科編(1970)『日本語　中級Ｉ』東海大学出版会

アメリカカナダ十一大学連合日本研究センター(1971)『INTEGRATED　SPOKEN　JAPANESE I』VOLUME ONE, TWO

対外日本語教育振興会編(1980)『Intensive Course in Japanese』Intermediate Course　(株)ランゲージサービス

筑波大学日本語教育研究会編(1983)『日本語表現文型・中級』Ｉ・Ⅱ　イセブ

国際学友会日本語学校編(1985)『日本語Ⅱ』国際学友会

東京外国語大学留学生日本語教育センター編(1993)『中級日本語』凡人社

資料

国際交流基金・日本国際教育協会、編集・著作(1994)『日本語能力試験出題基準』凡人社

雑誌掲載論文

森田良行(1976)「文法－条件の言い方」『講座日本語教育』第３分冊、早稲田大学語学研究所

北条淳子(1981)「中級段階における学習内容」『講座日本語教育』第17分冊、早稲田大学語学研究所

宮地裕他編(1984)「複合辞特集」『日本語学』3.10 明治書院

蓮沼昭子(1985)「『ナラ』と『トスレバ』」『日本語教育』56号、日本語教育学会

関正昭(1989)「評価述定の誘導成分となる複合助詞について」『日本語教育』68号

江田すみれ(1991)「複合辞による条件表現Ｉ『となると』の意味と機能」『日本語教育』75号

江田すみれ(1992)「複合辞による条件表現Ⅱ『と』『とすると』『となると』の意味と機能について」『日本語教育』78号

仁田義雄(1992)「〔特集〕モダリティ・判断から発話・伝達へ」『日本語教育』77号

益岡隆志(1992)「〔特集〕モダリティ・不定性のレベル」『日本語教育』77号

今井新悟(1992)「〔特集〕モダリティ・モダリティ形式のモダリティ度」『日本語教育』77号

山岡政紀(1992)「〔特集〕モダリティ・意志表現の文型提示に関する一考察」『日本語教育』77号

江田すみれ(1994)「複合辞による条件表現『ば』『とすれば』」『日本語教育』83号

坪根由香里(1994)「『ものだ』に関する一考察」『日本語教育』84号

松木正恵(1995)「複合助詞の特性」『言語』11月号、大修館書店

書籍

金田一春彦編(1976)『日本語動詞のアスペクト』むぎ書房

吉川武時(1989)『日本語文法入門』アルク

町田健(1989)『日本語の時制とアスペクト』アルク

北川千里・井口厚夫(1988)『助動詞』(外国人のための日本語例文・問題シリーズ)　荒竹出版

寺村秀夫編(1987)『ケーススタディ日本文法』おうふう

阪田雪子・倉持保男(1975)『教師用日本語教育ハンドブック文法Ⅱ』国際交流基金

森田良行(1985)『誤用文の分析と研究－日本語学への提言－』明治書院

国立国語研究所(1987)『現代の助詞・助動詞』秀英出版

北条淳子(1989)「複文文型」『談話の研究と教育Ⅱ』国立国語研究所

加藤泰彦・福地務(1989)『テンス・アスペクト・ムード』(外国人のための日本語例文・問題シリーズ)　荒竹出版

横林宙世・下村彰子(1988)『接続の表現』(外国人のための日本語例文・問題シリーズ)　荒竹出版

駒田聡他(1990)『中・上級日本語教科書文型索引』くろしお出版

森田良行・松木正恵(1989)『日本語表現文型』アルク

森田良行(1989)『基礎日本語辞典』角川書店

柴田武他編(1976)『ことばの意味　辞書に書いてないこと』(1・2・3)平凡社

寺村秀夫(1984)『日本語のシンタックスと意味Ⅱ』くろしお出版

益岡隆志(1987)『命題の文法』くろしお出版

益岡隆志(1989)『基礎日本語文法』くろしお出版

益岡隆志(1991)『モダリティーの文法』くろしお出版

仁田義雄・益岡隆志(1989)『日本語のモダリティ』くろしお出版

仁田義雄(1991)『日本語のモダリティーと人称』ひつじ書房

益岡隆志編(1993)『日本語の条件表現』くろしお出版

有賀千佳子(1994)『意味上の言語単位・試論「どうってことはない」は辞書にあるか』くろしお出版

益岡隆志・野田尚史・沼田善子編(1995)『日本語の主題と取り立て』くろしお出版

仁田義雄編(1995)『複文研究』(上・下)くろしお出版

宮島達夫・仁田義雄(1995)『日本語類義表現の文法』(上・下)くろしお出版

森田良行(1995)『日本語の視点』創拓社

河原崎幹夫監修(1995)『辞書でひけない日本語文中表現』北星堂

坂本正編著(1995)『日本語表現文型・例文集』凡人社

生田目弥寿編著(1995)日本語教師のための『現代日本語表現文典』凡人社

Seiichi Makino・Michio Tsutsui(1995)『日本語文法辞典【中級編】』The Japan Times

著者

●友松悦子 (ともまつ・えつこ)

東京外国語大学外国語学部ドイツ語学科卒業。現在、国際学園日本語学校専任講師、拓殖大学留学生別科非常勤講師。著書に『日本語テスト問題集－文法編』（凡人社、共著）がある。

●宮本　淳 (みやもと・じゅん)

国際基督教大学教養学部社会科学科卒業。現在、国際学園日本語学校専任講師、アジア教育福祉財団難民事業本部大和定住促進センター非常勤講師。著書に『日本語テスト問題集－文法編』（凡人社、共著）がある。

●和栗雅子 (わぐり・まさこ)

国際基督教大学教養学部社会科学科卒業。現在、東京外国語大学留学生日本語教育センター非常勤講師。著書に『初級日本語問題集 語彙・文法－20のテーマ』（凡人社、共著）、『日本語テスト問題集－文法編』（凡人社、共著）がある。また、月刊『日本語ジャーナル』（アルク）の日本語能力試験練習問題のページを約4年間にわたり共同執筆にて連載（「日本語能力試験に挑戦」1992年3月号～93年12月号、「めざせ合格!! 日本語能力試験」94年1月号～95年12月号）。『月刊日本語』（アルク）では96年4月号から「すぐに使える文型別教え方のコツ」を連載中。

國家圖書館出版品預行編目資料

適時適所日本語表現句型 500. 中・上級 / 友松
悦子, 宮本淳, 和栗雅子著. -- 第 1 版. --
臺北市：大新，民 86
面；公分

ISBN 978-957-9672-59-7（平裝）

本書原名ー「どんな時どう使う 日本語表現文型 500」

適時適所 日本語表現句型 500（中・上級）

1997 年（民 86）8 月 1 日 第 1 版 第 1 刷 發行
2013 年（民 102）10 月 1 日 第 1 版 第 22 刷 發行

定價 新台幣：240 元整

著　　者	友松悦子・宮本淳・和栗雅子
授　　權	株式会社アルク
發 行 人	林　　寶
發 行 所	大新書局
地　　址	台北市大安區 (106) 瑞安街 256 巷 16 號
電　　話	(02)2707-3232・2707-3838・2755-2468
傳　　真	(02)2701-1633・郵 政 劃 撥：00173901
登 記 證	行政院新聞局局版台業字第 0869 號